LUSTVOLLE ABSURDITÄTEN UND ERNSTHAFTE REALITÄTEN

© 2019 Josef Nossek

Verlag und Druck: tradition GmbH, Halenreie 40-44, 22359 Hamburg

ISBN Taschenbuch: 978-3-7497-1360-8
ISBN Hardcover: 978-3-7497-1361-5
ISBN e-Book: 978-3-7497-1362-2

Das Werk, einschließlich seiner Teile, ist urheberrechtlich geschützt. Jede Verwertung ist ohne Zustimmung des Verlages und des Autors unzulässig. Dies gilt insbesondere für die elektronische oder sonstige Vervielfältigung, Übersetzung, Verbreitung und öffentliche Zugänglichmachung.

Bibliografische Information der Deutschen Nationalbibliothek: Die Deutsche Nationalbibliothek verzeichnet diese Publikation in der Deutschen Nationalbibliografie; detaillierte bibliografische Daten sind im Internet über http://dnb.d-nb.de abrufbar.

Der Autor, **Josef Nossek**, wurde in der ehemaligen Slowakei 1941 als Sohn einer Jüdin und eines katholischen Sudetendeutschen geboren. Ein nicht gerade verheißungsvoller Beginn. Er studierte an der Karls Universität in Prag Slawistik, Englisch und Sport. Nach dem Studium flüchtete er vor kommunistischen Repressalien nach Israel. Dort nahm er aktiv am Sechs-Tage-Krieg 1967 teil. Anschließend unterrichtete er an diversen Schulen des Landes und betrieb ein Institut für Fitness und Rehabilitation.

Im Jahr 1970 eröffnete Josef Nossek ein Fitness Institut in Frankfurt. Als nächste Station seines beruflichen Lebens folgte das Lehramt für Englisch, Russisch und Sport.

An der Johann Wolfgang Goethe Universität studierte er Biomechanik und belegte mehrere Kurse in Anglistik.

In den 80er Jahren war er als Entwicklungshelfer in Nigeria tätig. Dort verfasste er diverse Fachliteraturen. Ferner erstellte er Lernposter und editierte eine Fachzeitschrift.

Nach der Pensionierung begann er sehr erfolgreich mit Acrylmalerei und verwirklichte sich als Galerist. Im Jahr 2016 wurde seine Autobiografie 'Kopf Über' veröffentlicht.

Der Regen hörte auf.

Ich gehe den Weg entlang,

der mit Blumen übersät ist.

Sonst befindet sich nur Staub unter meinen Füßen.

Das bedeutet nichts.

Wichtig ist der Weg!

INHALTSVERZEICHNIS

LUSTVOLLE ABSURDITÄTEN

Wertvolle Tropfen 11

Das Bank-Drama 13

Jeder Mann ein Star 16

Fett muss Weg 19

Muss es ein Käfig sein? 23

Das Wüsten-Schiff 26

Wir begrüßen die Außerirdischen 29

Zerstörte Vision 32

Das Leben Verkehrt Herum 35

Der Schamane 38

Dreizack 40

Du sollst nicht töten! 43

Siebenmal Sonne 46

Schwöre! 52

Ecce homo 55

Im Erdkunde Kabinett 58

ERNSTHAFTE REALITÄTEN

Die Pioniere der Lüfte 63

Vom Urknall bis heute 67

Die Söhne Abrahams 73

Kann man eine vollkommene Gesellschaft schaffen 85

Glück nach Maß 96

Über das Lesen 104

Die Sprachen sterben aus 110

Die schönsten Tage 114

Kunst im Auge des Betrachters 120

Herr Alleine 125

Haben Hunde Seelen? 130

Silberner Tsunami 136

Zerbrechliche Blume 143

Offline? 146

Schneller, Ausdauernder 151

Kannst du Dich erinnern? 159

Zum Abendbrot gibt es Milben auf Knoblauch 165

Ode auf die Nächstenliebe 170

Quellenverzeichnis 175

Lustvolle Absurditäten

WERTVOLLE TROPFEN

Meinem Blick eröffnet sich ein beklemmender, länglicher Raum mit gewölbter Decke, an der sich Neonröhren befinden, die den Raum nur notdürftig beleuchten. Die Lichtquellen beginnen zu knistern und zu flackern. Das matte Licht illuminiert Konturen von Gestalten, die sich in einer langen Schlange nur schleppend nach vorne bewegen. Ich befinde mich am Ende der Reihe. Man hört nur stumpfes Schlurfen der Füße, das gedämpft und fast rhythmisch klingt. Die Rücken der Geschöpfe sind leicht nach vorne gebeugt, als ob sie eine schwere Bürde trügen. Ich sehe die massigen Nacken und kahle Köpfe, die teilnahmslos und in Demut ihr Verdikt erwarten.

Endlich stehe ich vor einem großen Schreibtisch mit matt glänzender Oberfläche. Dort sitzt mit dem Rücken zu mir eine mächtige Erscheinung, offensichtlich ein Würdenträger. Das blasse, unbewegte Gesicht des Sitzenden dreht sich kurz zu mir und schaut mich teilnahmslos mit seinen wässrigen Augen an. Ich kenne diese Visage, kann mich jedoch nicht entsinnen woher, hebe die Flasche und achte ängstlich darauf, dass nichts aus schwappt.

Draußen tauche ich in die Stille des Wintertages ein. Ein eisiger Lufthauch dringt durch meinen Körper. Ich hülle mich tiefer in meinen grauen Mantel, unter dem ich die Flasche krampfhaft halte. Lautlos fällt der Schnee in kleinen weißen Flocken auf mich herab und ich spüre, wie die Eiskristalle auf meiner Haut schmelzen.

Langsam bewege ich mich zu der nahe liegenden Straßen-Bahnhaltestelle.

Angekommen überlege ich angestrengt, wie viele Tropfen aus der Flasche wohl die Fahrkarte kosten würde. Ich kann das Problem nicht lösen. Die Menschen um mich schauen gelangweilt, teilnahmslos – sie vermitteln den Eindruck der Selbstsicherheit.

Ich entscheide mich weiterzugehen. Eine dunkle Straße liegt wie ein tiefschwarzes Band vor mir, nur Laternen am Rand weisen mir mit ihrem trüben Licht den Weg. Fast wäre ich auf dem Eis unter meinen Füßen ausgerutscht, es kam mir vor, als warte es nur spiegelglatt auf sein nächstes Opfer. Schweiß gebadet, jedoch darauf vorbereitet, dass etwas über mich herfällt, atme ich tief ein und versuche schneller zu gehen.

Aber wohin führt der Weg?

Die Verzweiflung übermannt mich. Nur nicht die wertvolle Flüssigkeit aus der Flasche vergießen!

Die düstere Apokalypse ist vorbei. Ich wache auf, krampfhaft einen Zipfel meiner Decke haltend.

DAS BANK-DRAMA

Im Park saß auf einer Bank ein blasser Mann, der bei näherem Hinschauen einen sehr nervösen Eindruck machte. Seine Beine vibrierten, er schaute unruhig um sich.

Da kam zu der Bank ein anderer Mann, der einen aus-geglichenen Eindruck vermittelte. Seine sanftmütigen, klaren Augen strahlten Klugheit aus. Es schien, als ob sich darin im Laufe seines Lebens die Weisheit angesammelt hätte.

Dieser kluge Kopf fragte höflich: „Entschuldigen Sie, darf ich mich zu Ihnen setzen?"

Der neurotisch wirkende Mann antwortete sehr unfreundlich: „Überall sind leere Bänke. Würden Sie mir einen Gefallen tun und gefälligst mit einer anderen Bank vorlieb nehmen? Denn ich möchte alleine sein."

Der kluge Kopf lächelte freundlich: „Ein Mensch, der an einem so schönen Tag alleine sein möchte, durchlebt mit Sicherheit ein psychisches Tief. Er darf nicht alleine gelassen werden."

„Was machen Sie da?", rief der Neurotiker wütend.

„Ich setze mich. Ich sehe in die Tiefe Ihrer Seele. Sie sind ein unglücklicher Mensch."

„Jetzt schon", erwiderte mürrisch der Sitzende.

„Nein", sagte entschlossen der kluge Kopf. „Sie waren schon vor meinem Kommen ein betrübter Mensch. Ein betrübter Mann inmitten einer blühenden Natur. Das muss wohl einen Grund haben."

„Ich möchte nur alleine sein", flüsterte der Neurotiker mit weinerlicher Stimme.

„Ich beobachte Sie schon eine Weile, wie Sie mit Ihren Beinen wippen."

„Mein Wippen geht Sie nichts an!"

Der kluge Kopf lächelte freundlich: „Ein klarer Fall eines labilen Einzelgängers. Ein Mensch, der an einem so schönen Tag inmitten einer blühenden Natur alleine sein möchte, durchlebt ein seelisches Tief. Er kann nicht alleine gelassen werden."

„Ich möchte aber alleine sein", erwiderte der Neurotiker wehleidig.

„Das kenne ich. Sobald ich weggehe, erhängen Sie sich mit Ihrem Gürtel am nächsten Baum."

„Ich habe keinen Gürtel", piepste verzweifelt der Neurotiker.

„Da sehen Sie, wenn Sie einen Gürtel hätten, wären Sie nicht mehr am Leben."

„Ich möchte Sie bitten···"

„Sie brauchen mich nicht bitten, ich helfe gerne. Wie ich Sie so einschätze, verbirgt sich hinter Ihrem Elend eine Frau. Das sind die Frauen nicht wert! Die eine geht und die andere kommt. Aus eigener Erfahrung weiß ich, wie schwer man eine gute Frau findet."

Der Neurotiker meinte bissig: „Sie haben es ja leichter, Sie bequatschen doch jede".

Der kluge Kopf sagte gutmütig: „Ich habe eine liebevolle Frau. Unsere Beziehung ist perfekt. Man könnte darüber einen Liebesroman schreiben.

Lesen Sie viel?", fragte er neugierig.

„Lesen?", fragte der Neurotiker zerstreut.

„Ja, mögen Sie Kriminalromane?"

„Herrgott, was schwätze ich hier. Warum sitze ich hier noch mit Ihnen? Sie können mir den Buckel runterrutschen."

„Sehen Sie, das sind typische Reaktionen eines unglücklichen Individuums. Wenn ich Sie jetzt alleine lasse, Ruckzuck springen Sie von einer Brücke."

„Ich möchte nur in Ruhe gelassen werden", antwortete der Neurotiker mit zittriger Stimme.

„So, wie Sie zittern und nervös um sich schauen, handelt es sich sicherlich um eine Frau, die nicht zur Verabredung gekommen ist?"

„Wieso wissen Sie das?", fragte der Neurotiker argwöhnisch.

„Nun, in diesem Fall haben Sie zwei Möglichkeiten. Ent-weder Sie blasen Trübsal und bleiben unglücklich oder Sie vergessen die ganze Geschichte und nach einer gewissen Zeit wird kein Hahn mehr danach krähen. Ich rate zu der zweiten Alternative."

„Also das Krähen…"

„Sehen Sie, nun kommt die Farbe allmählich in Ihr Gesicht zurück. Ich glaube, man kann sie alleine lassen. Ich hoffe, sie machen keine Dummheiten. Also Sonne, Blumen und vielleicht ein leckeres Eis. Kein Aufhängen oder von der Brücke Springen. Nur genüsslich auf der Bank sitzen."

Beim Weggehen drehte sich der kluge Kopf noch um und meinte: „Ein Liedchen anstimmen würde Ihnen auch nicht schaden."

Da hörte er hinter sich eine unsichere, unmelodische Stimme singen: *„Hoch auf dem gelben Wagen…"* Plötzlich erschien eine attraktive Frau vor der Bank und fauchte den Mann an. „Was quatschst du hier?", fragte sie außer Atem und verlangte einen Kuss.

„Wo warst du? Ich warte hier schon eine halbe Stunde", entgegnete der Neurotiker vorwurfsvoll.

„Im Gebüsch", antwortete die Schönheit. „Der Kerl, mit dem du dich gerade so ewig lange unterhalten hast - das war mein Mann!"

*Bei gleicher Umgebung
lebt doch jeder in einer anderen Welt.*

Arthur Schopenhauer

JEDER MANN EIN STAR

Dr. Männle saß am Schreibtisch seiner Heiratsagentur und beobachtete konzentriert, wie sich eine Fliege über die unausgefüllten Fragebogen hin und her bewegte und abwechselnd ihr Vorder- und Hinterbeinchen aneinander rieb.

Plötzlich flog die Tür auf und eine energische, hübsche Blondine bahnte sich unbeirrt ihren Weg zu ihm. Ihr voluminöser Busen und ihre ausladende Hüften wippten im Takt. Im Raum verbreitete sich sofort ein Erdbeerduft.

Sie beugte sich bedrohlich über den Schreibtisch und stellte sich barsch vor: „Frau Dr. Kraft von der Kreisverwaltung. Bei Ihnen sollen Unregelmäßigkeiten vorkommen!"

Dr. Männle erwiderte unsicher: „Ich habe keine Ahnung, was Sie damit meinen."

„Sie vermitteln unter der Hand gute Partien", sagte Frau Dr. Kraft streng. „Ich sehe nur ein ausgefülltes Formular auf Ihrem Tisch."

„Der Tag ist noch jung", meinte Dr. Männle. „Heute werden Renten ausgezahlt, vielleicht kommt noch ein Interessent und schließt einen Vertrag ab."

„Was? Sie vermitteln Rentner?", sagte die hübsche Blondine entgeistert.

„Rüstige Rentner sind sehr gefragt", erklärte der Heiratsvermittler. „Sie haben ein festes Einkommen, sind treue Partner und das gute Klima bei uns in Deutschland tut ein Übriges für ein langes gesundes und harmonisches Zusammenleben."

Die resolute Frau Dr. Kraft plumpste auf den Stuhl Visasvis des Heiratsvermittlers, sodass ihr Busen wieder stark wippte. Sie bemächtigte sich eines Fragebogens, der vor Dr. Männle lag und begann zu lesen: „Alter 38, Größe 1,50, eigenes Häuschen".

„Ein bisschen zu klein, wenn Sie mich fragen", meinte Frau Dr. Kraft. „Seine Wunschkandidatin soll wie Sophia Loren in ihren jungen Jahren aussehen, einen neuen Porsche fahren und eine Villa besitzen.

Bei einer Quote von 7 zu 3 Frauen auf einen Mann ist eine erfolgreiche Vermittlung äußerst schwierig", erläuterte leise Dr. Männle.

„Was verstecken Sie unter diesen Fragebogen auf Ihrem Schreibtisch?", fragte Dr. Kraft siegessicher. „Also doch Vermittlung unter der Hand?" Zögerlich holte er das Papier hervor und meinte: „Dieser Bewerber klingt auf den ersten Blick positiv", kommentierte der Heiratsvermittler. „Er ist 36 Jahre alt 1,80 groß, braune lockige Haare, braune Augen nur leider zahlt er für 5 Kinder Alimente und saß schon dreimal im Bau."

„In diesem Fragebogen haben Sie zwei handgeschriebene Anmerkungen gemacht. Verstecken Sie doch etwas vor dem Auge des Gesetzes?", fragte Frau Dr. Kraft mit Nachdruck.

„Ach, dieser Herr humpelt stark und lispelt", erwiderte betrübt Dr. Männle. „Aber er erklärte, wenn er einige Gläser Bier getrunken hätte, würde er fast verständlich sprechen. Deshalb sollte seine Zukünftige etwas mit Bierbrauerei zu tun haben oder wenigstens eine Kneipenbesitzerin sein. So könnte er Freibier haben."

Dr. Männle kramte kurz in einer Schublade seines Schreibtisches und fischte noch ein ausgefülltes Formular heraus. „Diesen Vertrag unterschrieb ein junger vor Kraft strotzender Bursche unter der Chiffre: ‚Bauer sucht Frau'. Er wünscht sich eine stattliche Frau, die zupacken kann. Als Schweinezüchter sucht er eine Partnerin, die auch Schweineställe ausmisten und durchweg anpacken kann. Frische Luft wäre garantiert."

„Das ist schrecklich, Sie vermitteln 80-jährige, Humpelnde und Lispelnde, Verbrecher und Schweinezüchter. Die armen Frauen tun mir leid", wisperte die blonde Schönheit resigniert.

Ihre strengen Gesichtszüge wurden weicher, ihre himmelblauen Augen feucht. „Ich bin kein Doktor und komme auch nicht von einer Behörde.

Ich suche nur einen passenden Mann für mich. Haben Sie sonst niemand geeigneten?"

„Eine resolute Frau, die weiß was sie will, imponiert mir. Mir fällt da doch noch jemand ein, ... vielleicht könnte ich mich selbst anbieten", gab unsicher der Heiratsvermittler von sich.

Die Dame pustete ihre blonde Locke aus dem Gesicht, schlug mit der Faust auf den Tisch und rief kompromisslos: „Was hockst du hier noch untätig herum, lauf los zum Standesamt und bestelle das Aufgebot!"

FETT MUSS WEG

Abmagerungskuren sind verschiedenartig, haben jedoch eine gemeinsame Zielsetzung: Sie geben dem Körper die ursprüngliche menschliche Form und der Seele Freude und Leichtigkeit eines fliegenden Schmetterlings zurück.

Zum Erreichen dieses Zieles verlangt man von fettleibigen Individuen eine unnachgiebige Disziplin, da Leckereien bekanntlich überall lauern.

Nur die Gurus der gesunden Ernährung spazieren mit dem erhobenen Haupt eines schlanken Asketen an den Verlockungen von Eisbein, Currywurst mit Pommes und Majo oder Sahnetorte vorbei.

Andererseits beobachten wir fettleibige Genussmenschen, die sich mit lautem Schmatzen an fetttriefenden, ungesunden Speisen vergnügen. Immer öfter wird ein solcher übergewichtiger Genießer erleuchtet und sehnt sich nach einer schlanken, elastischen Figur. Ein solches Individuum ist dann sogar dazu bereit, für dieses Ideal alles zu absolvieren, sogar eine drastische Kur in einem Sanatorium. Die strengsten Diäten dort erinnern an Arbeitslager des sowjetischen Regimes.

Die dicklichen Strafgefangenen der Sanatorien werden durch fanatisches Gesundheitspersonal verfolgt. Jedes Krümelchen Brot, welches nicht zum Diätplan gehört, wird rigoros verboten. Nachts hört man aus den Sanatoriums-Zellen das Heulen der hungrigen Insassen.

Jedoch auch in dieser Hölle entstehen zwischenmenschliche Beziehungen. An die Tür des Büros der Chefärztin des ‚Luft'-Sanatoriums klopfte es resolut an.

Zwei dicke Patienten, eine Frau und ein Mann, wurden von einer stattlichen Pflegerin unsanft hereingeschubst.

„Ich melde gehorsamst, Frau Chefarzt, ich habe sie dabei erwischt", sagte sie freudig erregt.

Die Chefärztin schaute sie mit einem stechenden Blick an. Auf dem Schreibtisch, an dem sie saß, stand eine Bronzeskulptur, die einen geheilten Patienten darstellte, der über sein Knie eine Stange Salami brach. Die Skulptur diente als Briefbeschwerer. Das Motiv lehnte sich an eine Statue vor einer orthopädischen Klinik an, wo ein geheilter Patient eine Krücke über seinem Knie zerbrach.

„Wo?", fragte die Chefärztin mit kühler Stimme.

„Auf der Bank!", rief die Pflegerin begeistert. „Direkt dabei."

Der dickliche Mann stand vor der Chefärztin wie ein Häufchen Unglück, den Blick auf den Boden gerichtet. Man konnte einen stillen Seufzer hören.

„Na, na, na! Spielen Sie hier Theater?", rief die Aufseherin in der Kluft einer Krankenschwester ungehalten.

Die Chefärztin schaute die niedergeschlagenen, jämmerlichen Delinquenten mit unwirschem Blick an. „Das hätten Sie sich früher überlegen sollen, Herr Kummer. Was glauben Sie, würde zu diesem Vorfall Ihre Familie sagen? Glauben Sie, dass Sie Ihre Frau mit offenen Armen begrüßt, wenn sie das alles erfährt?".

Herr Kummer schwieg schuldbewusst. „Na, wird sie oder wird sie nicht?", schrie die Wächterin in Schwesternkluft.

„Das wird sie nicht", erwiderte leise der dicke Patient.

„Darauf können Sie Gift nehmen", zischte die resolute Pflegerin.

„Und Sie, Frau Feinschmecker, schämen Sie sich nicht? Was würde dazu wohl Ihr Mann sagen?", fragte die Chefärztin vorwurfsvoll.

Das hübsche, runde Gesicht mit Stupsnase der übergewichtigen Patientin wurde weiß, ihr dickes Kinn zitterte. Sie schniefte geräuschvoll in ihr Taschentuch, dann schluchzte sie und fing an leise zu weinen.

„Heulen ist das einzige, was Sie danach können", meinte die resolute Schwester erbarmungslos.

Die Chefärztin schaute die gebrochenen, jämmerlichen Angeklagten mit mürrischem Blick an und sagte: „Die Heilung der Fettleibigkeit bedeutet keineswegs Sanatoriums Freuden zu haben. Also, wo ist es passiert, im Park?"

„Im Park auf einer Bank, wo alle Patienten vorbeilaufen", sagte die Schwester angeekelt.

„Wie weit waren die beiden, als Sie sie erwischt haben?", fragte die Chefärztin.

„Ich musste zwischen sie springen", rief die Wächterin in Schwesternkluft. „Sie sahen nichts, sie hörten nichts, sie schnauften und schmatzten nur."

„Sie meinte, dass ich ihr sympathisch bin ... und dass, es hier wie im Kloster ist und so Sachen, ... dass wir uns irgendwo abseits auf einer Bank treffen könnten", stotterte unsicher flüsternd Herr Kummer.

„Pfui Teufel!", erleichterte sich die Chefärztin. „Jeder wiegt über 140 Kilo. Was hat Euch nur dazu getrieben?"

„Ferkel!", schrie die Schwester verachtungsvoll.

„Das ist nicht wahr, Heinrich", stöhnte Frau Feinschmecker, „das war deine Idee mit der Bank an der Mauer."

„Ha, Sie duzen sich. Wenn sich Patienten duzen, dann steckt was dahinter", prophezeite die Schwester.

„Nur aus professioneller Neugier: Wie haben Sie das auf der Bank getrieben? Das kann ich mir gar nicht vorstellen", sagte die Leiterin der Institution.

„Hier, Herr Kummer hielt seine Verlockung direkt vor ihren Mund", sagte die Schwester rachsüchtig. „Ich sprang gerade im letzten Augenblick zwischen die beiden."

„Also oral", meinte die Chefärztin.

„Darauf können Sie Ihren Kopf verwetten, oral", sagte die Krankenschwester hasserfüllt.

„Und das in aller Öffentlichkeit!", erwiderte die Chefin angeekelt.

„Ja, in aller Öffentlichkeit!" Dabei fischte die Schwester einen angeknabberten Buttercroissant aus der Tasche ihres weißen Kittels und legte ihn auf den Schreibtisch.

„Was ist das?", fragte die Chefärztin. „Ist das die Verlockung?"

„Ja, das ist das Corpus Delicti, oder nur noch das, was davon übriggeblieben ist", sagte die Schwester rachsüchtig. „Dabei haben sie geschmatzt und große Stücke mit Vergnügen hinuntergewürgt".

Die Chefärztin schüttelte verständnislos ihren Kopf. „Wir sprechen uns später", meinte sie.

Die dicke Frau Feinschmecker verließ schluchzend das Büro. Herr Kummer drehte sich beim Hinausgehen um. „Frau Doktor", fragte er leise.

„Ja, bitte", sagte die Ärztin düster.

„Was gibt es heute zum Mittagsessen?"

„Raus!", schrie die Chefärztin, während die Schwester den bronzenen Briefbeschwerer nach ihm warf.

Es sind die süßen Nahrungsmittel,
die uns das Leben sauer machen.

MUSS ES EIN KÄFIG SEIN?

*Ich muss mich von Menschen erholen,
ich gehe in den Zoo.*

Paul Mommertz

In Frankfurt am Main findet man einen großen Zoo, der von Prof. Grzimek ins Leben gerufen wurde. Man sagt, er wäre einer der besten in der Welt. Da ich ein großer Fan dieser Einrichtungen bin, verbrachte ich unlängst einen ganzen Tag in diesem sogenannten Zoo.

Die Eindrücke in den Zoologischen Gärten eignen sich sehr gut für Erwachsene, für eine Weile die tägliche Realität zu vergessen.

Haben Sie sich zum Beispiel eine Giraffe von der Nähe mal richtig angeschaut? Sie ist ein wirklich besonderes Wesen. Sollte ich trotz aller meiner Vergehen mich irgendwann im Himmel befinden, würde ich unter anderem nach Giraffen fragen.

Ein Mädchen, das im Zoo neben mir stand, fragte seine Mutter: „Warum ist dieses Tier auf der Welt?" Dieselbe Frage stellte ich mir auch. Die Mutter wusste es auch nicht. Weiß es die Giraffe, warum sie da ist? Will sie es überhaupt wissen? Denkt sie eigentlich über ihre Stellung in der Ordnung der Dinge nach? Die Giraffe hat eine fast 70 cm lange, schwarze Zunge und keine Stimmbänder. Deshalb kann sie uns nichts darüber mitteilen. Sie 'girafft' nur so vor sich her.

Außer diesen langhalsigen Exemplaren sah ich noch vielerlei andere exotische Viecher. Nehmen Sie zum Beispiel die putzigen Stachelschweine. Das sind besondere Exemplare, denn ein Männchen lebt lebenslang treu mit seinen angetrauten Weibchen zusammen. Auch außerhalb der Käfige.

Ein gelangweilter stattlicher Orang-Utan sah genauso wie mein Bekannter Fritz aus. Angeblich gehört er auch in den Zoo. Jedenfalls behauptet das seine Frau. Übrigens gehören Orang-Utans zu der aussterbenden Gattung.

Das bringt mich auf den Gedanken: Wie wäre es, wenn man in Zoologischen Gärten auch Menschen zeigen würde? Darüber dachte ich nach, als ich Löwen betrachtete, den majestätischen Herrn Löwe und seine geschmeidigen Löwendamen. Ihr Leben im Zoo sieht sehr angenehm aus. Die Löwen sind so fruchtbar, dass man die Löwinnen mit einem Präventionsring ausstatten muss. Und so machen die Löwen gar nichts anderes, als fressen, schlafen, Läuse fangen und sich dem Sex - ohne Folgen – zu widmen. Der Zoo versorgt sie mit Futter, Unterkunft, ärztlicher Betreuung, Altersrente und Ausgaben für das Begräbnis.

Menschen betonen, dass wir die einzigen denkenden, tiefsinnigen Gattungen sind. Aber die Wissenschaft stellte fest, dass noch viele besondere Spezies bisher nicht genügend erforscht sind. Ich möchte mich diesbezüglich zur Verfügung stellen. Wenn man mich im Zoo irgendwann gebrauchen könnte, würde ich es versuchen.

Jedenfalls komme ich in Frage, da ich zu der Kategorie der gefährdeten Arten gehöre. Und mein Leben zu untersuchen, das ist bestimmt nicht ohne.

Stellen Sie sich vor, Sie gehen mit ihren Kindern entlang eines großen, bequemen Käfigs, verdreckt nur mit leeren Bierflaschen und Resten eines Hamburgers. Überbleibsel meiner letzten Mahlzeit. Und dort in der Sonne mache ich ein Nickerchen. Um mich herum posieren sechs Schönheiten. Ein Kind zeigt mit dem Fingerchen auf mich und sagt: „Warum ist er da?" Ich gähne gelangweilt, öffne ein Auge und sage: „Das ist doch egal".

Ja, im Zoo schweifen die Gedanken außerhalb der Realität. Ein Löwe, eine Giraffe, ein Stachelschwein und andere Spezies existieren, ohne sich Fragen über ihre Existenz stellen zu müssen. Es geht ihnen gut in ihren Käfigen.

Jedoch Mensch zu sein, bedeutet Wissen, sich zu interessieren und zu hinterfragen. Es bedeutet am Gitter der Existenz zu rütteln und in den Himmel zu brüllen: „Warum das alles?", und mit den Antworten, die mit dem Echo zurückkommen, Gefängnisse und Paläste bauen. Aus diesem

Grunde ist ein Zoo ein schöner Platz für einen gelegentlichen Besuch, doch leben möchte ich dort nicht.

*Der Zoo lebt in und von Gefangenschaften,
spiegelt also den Menschen.*

Raymond Walden

DAS WÜSTEN-SCHIFF

Ein Kamel ist ein Säugetier aus der Ordnung der Paarhufer. Die afrikanischen Kamele, die auch als Dromedare bekannt sind, werden oft diskriminiert, weil sie nur einen Höcker haben. Übrigens, im Höcker ist nicht Wasser gespeichert, sondern Fett. Die Evolution hat sie genial an ihre Umgebung, die Wüste, angepasst. So können sie ihre Körpertemperatur auf über 40 ° C erhöhen, also ein künstliches Fieber erzeugen, um in der Hitze der Wüste nicht zu schwitzen. Ein Kamel säuft schnell, bis zu 150 Liter Wasser innerhalb von weniger Minuten, da es Angst hat, andere wilde Tiere würden es gefährden. Im Gegensatz zu Hightech-Autos können sie mehrere Monate ohne Futter und Wasser überleben. Wenn Kamele sauer sind, dann brüllen und spucken sie, wie auch die verwandte Spezies, die Lamas.

Diese Überlebenskünstler der Wüste sind die einzigen Fortbewegungsmittel, die dort ihren Weg stampfend absolvieren, wo sogar ein Jeep stecken bleibt. So hat das Tier sich im Laufe der Evolution mit einigen lebenswichtigen Errungenschaften überlebensfähig gemacht; so kann es z. B. seine Nasenlöcher verschließen, zum Schutz seiner Atemwege, wenn ein Sandsturm über die Wüste hinwegfegt.

Anders ist es im zoologischen Garten. Dort muss es seine Nasenlöcher nicht verschließen und generell liegen seine angeborenen Fähigkeiten leider brach. Das Wüstentier erfüllt in dieser Einrichtung eher die Funktion eines Exponats. Es lächelt überheblich das zahlreiche Publikum an, sein sonst zottiges Fell schaut schön gepflegt aus. Seine langen Wimpern erfüllen nur eine ästhetische Funktion, während sie in der Wüste verhindern, dass Sand in ihre Augen gelangt. Die kleinen Gäste und Bewunderer des majestätisch imposanten Tieres füttern es mit Keksen und sogar mit Salamibrot. Bei einem Besuch im Zoo konnte ich erleben, dass das Kamel die Leckereien aus Neugier verspeiste und sich dann naturgemäß erbrach, direkt über den Kopf des kleinen Spenders. Tja, das passierte, da das Kamel kein Fleischfresser ist. Dornige Sträucher gehören zu seinen Leibgerichten. Es kann nicht verkehrt sein, wenn man sich merkt, dass das Kamel kein Salamibrot frisst, und das auch nicht im heimatlichen Dáressalám.

Nun aber zurück zu seinem ursprünglichen Zweck. Im Gegensatz zu meinem alten Mitsubishi besitzt ein Kamel ein Chassis aus Fleisch und Blut, mit Fell bewachsen, was finanziell sicherlich günstiger ist, da es nicht rostet. Und jeder weiß, dass Rost entfernen kostspielig ist. Im Gegensatz zu meinem alten Autoveteranen haart das Wüstenschiff und bekommt regelmäßig ein neues Fell. Überraschenderweise besitzt ein Kamel kein Lenkrad, es wird vielmehr durch Zügel gelenkt. Je nachdem in welche Richtung ich reiten will, ziehe ich an dem entsprechenden Zügel. Als ich zur Erprobung meiner Macht einmal die Zügel nach rechts zog, blieb mein Tier stehen, schaute mich ungläubig an, gab einen undefinierbaren Laut von sich und noch etwas anderes entfleuchte ihm. Vielleicht hatte ich vergessen, die Kupplung zu betätigen, schoss es mir in diesem Moment durch den Kopf.

In ein Auto kann man einfach einsteigen, man öffnet die Tür und macht es sich auf einem Sitz bequem, der je nach Bedarf härter oder weicher ist. Wenn man ein Wüstenschiff besteigt und einen Ritt mit ihm macht, ist es das erste Gebot, sich sehr, sehr gut festzuhalten. Glauben Sie einem erfahrenen Ägyptologen. Das Wüstentier erhebt sich zuerst auf die hinteren Beine, wobei der Passagier kopfüber nach vorne kippt. Da ist es schon hilfreich, wenn man meinen Ratschlag befolgt hat. Wenn das Kamel dann völlig auf seine Vorderbeine steigt, verspürt man eine starke Tendenz nach hinten. Sollte man meinen Ratschlag nicht befolgt haben, so ist dieser Ritt mit Sicherheit zu Ende und was dann folgt, ist sehr unangenehm!

Humor und Geduld sind Kamele,
mit denen wir durch jede Wüste kommen.

Belgischer Priester Phil Bosmans

Eine gute Bekannte wurde von einem Kameltreiber aufgefordert, auf seinem Wüstentaxi zu reiten. Da sie um die 130 Kilo wiegt, wollte sie das Angebot nicht annehmen, mit der Begründung, dass sie das dem Tier nicht zumuten möchte. Der fast zahnlose, schlaksige Beduine mit furchig lederner Haut, Turban und Kaftan lächelte und machte ihr in gebrochenem Englisch klar, dass sein Wüstenschiff schon schwerere Lasten getragen hätte. Das arme Tier, das in den letzten Jahren von seinem Herrn zum Schaukelpferd für Touristen degradiert worden war, grinste nur, nichts Böses ahnend. Der Kameltreiber zwängte meine übergewichtige Bekannte in den schmucken Sattel. Danach ermunterte er das Tier aufzustehen. Das Kamel spannte seine Muskeln an, brüllte, sackte zusammen und – starb. Meine Bekannte sah, wie das verendete Tier später auf der Ladefläche eines Lastwagens mit allen vier Beinen nach oben gestreckt, von dannen transportiert wurde. Sie litt sehr unter diesem Zwischenfall.

Die Gangart eines Kamels ist nicht wie die eines Pferds, das links-rechts-links-rechts läuft, sondern es schreitet abwechselnd mit den beiden linken und rechten Beinen, so dass es seitlich schaukelt.

Ähnliches erlebt mein betagter Mitsubishi, wenn er auf den holprigen Straßen unseres Ortes quietschend und stöhnend sich weiterbewegt, weil die Federung, respektive die Stoßdämpfer, nicht mehr intakt sind. Na ja, was will man von einem alten Wagen mit einem Baujahr knapp über dem Millennium erwarten! Ich würde mich nicht wundern, wenn er eines Tages stehen bliebe, aufheulte und seinen Geist aufgäbe. Mein trauriger Blick würde dann auch verfolgen, wie er auf der Ladefläche eines Lastwagens seinen letzten Weg zum Autofriedhof absolviert.

Die Frau ist das Kamel,
das uns hilft,
die Wüste des Lebens zu durchqueren.

Ben Gurion, der Gründer des Staates Israel

WIR BEGRÜSSEN DIE AUSSERIRDISCHEN

Es könnte sein, dass wir ein UFO gesehen haben.

Mit meiner Frau verbrachte ich eine Nacht in einem kleinen Hotel, nicht weit von Frankfurt. Um halb zwei hatte uns Don Camilo geweckt.

Er wollte Gassi gehen. Don Camilo ist unser sabbernder Boxerrüde.

Der Himmel war vollständig mit Wolken verhangen, nirgendwo war ein Sternchen zu sehen. Plötzlich drehte sich über unseren Köpfen ein ellipsenartiges blinkendes Etwas. Es war wie ein gigantisches überirdisches Karussell. Es rotierte einen Moment nach rechts, dann wieder nach links, um erneut zu verschwinden. Nach einer Minute erschien es von Neuem und begab sich anderswo, als ob es überlegen würde, wo es landen könnte. Dieses Spektakel dauerte fast die ganze Nacht.

Meine Frau bereitete Brot mit Salz vor, so wie es sich gehörte, um eine hochgestellte Persönlichkeit zu begrüßen. Sie freute sich schon, wie sie am Montag in ihrem Frauen-Kränzchen erzählen würde, dass sie UFO-Wesen bewirtet hatte.

Letztendlich verzehrte ich das Brot selbst und wir gingen schlafen.

Morgens knirschten meine Zähne noch von dem Salz. Nachmittags lasen wir an der Tür der örtlichen Gaststätte einen Aushang, der darüber informierte, dass in dem nahegelegenen Dorf eine Disco mit Lichtschau stattgefunden hatte. Also hatten wir uns getäuscht, es war uns in dieser Nacht wohl doch kein UFO begegnet.

Trotzdem glaube ich, dass wir in naher Zukunft den Überirdischen begegnen werden. Der Erstkontakt mit den Aliens könnte also jederzeit erfolgen. Ich stelle ihn mir so vor: Eines Nachts werden wir ein Klopfen an der Tür vernehmen und wenn wir öffnen, werden auf der Schwelle grinsende, grüne Männlein stehen. Wir können doch die vielen Bücher und Berichte, die über sie geschrieben wurden, nicht ewig nur ignorieren. Sogar im Internet erschienen bereits mehr als eine Million vierhunderttausend Hinweise dazu.

Als angeblich ein UFO in Neu Mexiko entdeckt worden war, hatten sich daraufhin die Menschen vermehrt für den Vorfall interessiert. So umzingelte die Armee die Fundstelle. Das Wrack wurde an einen unbekannten Ort transportiert und man versuchte krampfhaft das Geschehnis geheim zu halten.

Aus eigener Erfahrung weiß ich, dass, wenn man etwas vertuschen will, es mit Sicherheit ans Licht kommt. So wurde daraufhin auch über das geschilderte Ereignis überall geschrieben. Seit dieser Zeit sausten unzählige Außerirdische an uns vorbei. Manchmal in der Gestalt von Tellern, andermal in Zigarrenform oder sogar als dreieckiges Objekt. Ernstzunehmende Wissenschaftler und Forscher bezweifeln jedoch hartnäckig die angeblichen UFO Fotos. Sie führen sie auf optische Täuschung und absichtliche Mystifikation zurück.

Wir können doch nicht so arrogant sein, dass der Herr da oben mir nichts, dir nichts, nur uns geschaffen hat. Ich bin überzeugt, dass die Zeit reif geworden ist, um darüber nachzudenken, wie man die Außerirdischen würdig begrüßt. Das neutrale Brot mit Salz ist meiner Meinung nach geeigneter als Hamburger, Hot Dog oder Frühlingsrollen. Denn was ist, wenn sie Vegetarier sind? Um sicherzugehen, würde ich noch Kohlrabi und Karotten vorschlagen.

Eine weitere Frage stellt sich noch: Wie verständigen wir uns? Ich bezweifle sehr, dass sie Englisch, Russisch oder Chinesisch sprechen. Deshalb würde ich empfehlen, dass am Begrüßungskomitee unbedingt taubstumme Menschen teilnehmen sollten, denn deren Gestikulation ist international und so auch intergalaktisch. Oder sollten vielleicht Blinde sie mit begrüßen? Deren Schriften müsste man dann nicht übersetzen. Und was ist mit Kindern? Das wäre doch eine gute Idee, sie durch Kleinkinder begrüßen zu lassen. Erstens sind sie nicht größer (E.T. war bestenfalls 1 m groß), was nach dem diplomatischen Standpunkt ein guter Zug wäre, so zu sagen eine Begegnung auf Augenhöhe. Überhaupt, wer kann die UFO-Wesen besser verstehen als die Kinder Gottes?

Ich kann mir lebhaft vorstellen, wie sich Väter und Mütter dann übertrumpfen werden mit ihrem Getue, welches Kind die Gäste begrüßen darf. Mit den Argumenten „Unser Heinz ist der Klügste" oder „Aber unsere Franziska ist die Schönste" würden sie wetteifern.

Jedenfalls schlage ich vor, dass über die Zusammensetzung des Begrüßungskomitees Kinder entscheiden. Die Erwachsenen sollten sich da nicht einmischen, sie sollten eher sehr genau aufpassen, dass der fliegende Unterteller nicht von einem verrückten ISS Selbstmord-Attentäter zerstört wird.

Nur Gott weiß, wie das alles enden wird.

Da die Außerirdischen aus dem All zu uns kommen, werden sie uns nicht unterlegen sein. Deshalb halte ich es auch für unrealistisch, dass sie sich integrieren lassen. Der Satz: „Wir schaffen es" greift hier sicherlich nicht!

In jedem Falle möchte ich zusammenfassen: Wir haben für ihre Landung Brot mit Salz, Kohlrabi und Karotten bereitgestellt und das Kind borgen wir uns zur Begrüßung von unserem Nachbarn aus.

Hoffentlich wird es bis dahin nicht erwachsen...

Es gibt kein schöneres Gefühl,
als dass Überirdische uns ständig beaufsichtigen
und eingreifen, wenn wir uns zu blöd anstellen.

ZERSTÖRTE VISION

Das Echteste an jedem Menschen sind seine Fehler!

Michelangelo

Leo bewegte sich langsam um die auf einem Podest stehende Gipsskulptur. Er legte noch da und dort die verklebte Hand an, bis er sich mit dem Handrücken den Schweiß von der Stirn wischte. Das Werk ‚Zerstörte Vision' war vollbracht, es musste nur noch trocknen. Er ließ sich in seinen verschlissenen Sessel fallen. In diesem Augenblick öffnete sich ein geblümter Vorhang und in das Atelier schwebte Jasmin, ein blonder Engel. Ihre helle Aura erleuchtete den Raum. Sie betrachtete die ‚Zerstörte Vision'.

„Schön", hauchten ihre vollen Lippen, wobei sich ihre Alabasterstirn leicht runzelte. „Schade, dass ich von Kunst nichts verstehe. Vielleicht etwas für Lourdes?"

Leos Miene verfinsterte sich für einen Augenblick. „Du meinst den Louvre? Aber das ist nicht wichtig, Hauptsache wir lieben uns."

Jasmin ließ sich auf seinen Schoß nieder, federleicht wie ein Wölkchen.

„Ich möchte nicht, dass zwischen uns Missverständnisse herrschen, die unsere Liebe trüben würden", meinte Leo ernst. Er schaute verstohlen auf seine Uhr.

„Ich weiß, du erwartest diesen rätselhaften Mann. Einmal werde ich seinen künstlichen Bart herunterreißen und deine geheime Liebschaft aufdecken".

„Verstecke dich hinter dem Vorhang, du sollst ja alles mitbekommen".

„Ich verstecke mich hinter dem Vorhang ...", trällerte Jasmin und verschwand. In diesem Augenblick klingelte es an der Tür. Ein Mann, ganz in Schwarz gekleidet, trat ein. Er sah wie ein Bestatter aus. „Sie bekommen 800", sagte der Mann in Schwarz.

„Was, nur 800? Bin ich denn nicht mehr wert?", meinte Leo verbittert.

„800 ist ein fairer Preis. Übrigens, hier habe ich eine neue interessante Ausschreibung. Der Skulptur-Wettbewerb ist ziemlich weit entfernt. Das ist für uns günstig".

„Na gut, ich bin einverstanden", sagte Leo resigniert und holte eine Kiste.

Der Mann nahm vorsichtig die ‚Zerstörte Vision' und verpackte sie sorgfältig in der Kiste. Dann hob er die Kiste über den Kopf und warf sie mit Wucht auf den Boden. Man hörte ein lautes Scheppern. Der Unbekannte schulterte das kaputte Werk und verschwand.

Der Vorhang wellte sich und Jasmin erhellte das Atelier. Vor Schreck stand ihr Erdbeermund weit offen. Sie zeigte sprachlos zur Tür. Der Raum versank in stummem Schweigen. Nach einer Weile piepste Jasmin entgeistert: „Ist der Kunstbanause dein Partner?"

„Ja, ich schaffe das Werk, er lässt es für den Transport zur Ausstellung versichern, wir zerschmettern es gründlich, dass nur Scherben übrig bleiben und ich bekomme dann meinen Teil der Versicherungssumme ausgezahlt. Du wirst mich jetzt verdammen. Ich habe es verdient. Ich wollte nur, dass zwischen uns nichts Unbekanntes bleibt".

„Ich weiß nicht, ich habe Mutti gesagt, dass ich mit einem Künstler liiert bin". Die desillusionierte Jasmin zog rasch ihr Rüschenblüschen und ihre Jeans an und verschwand. Es blieb nur ein frischer Duft von Jugend.

Leo holte sich eine Flasche Whiskey und ein Glas. Er versenkte sich in seinen abgewetzten Sessel, nippte an seinem Glas und sang mit krächzender Stimme:

„Ich habe Sehnsucht,
ich verzehr mich nach dir,
ich habe Sehnsucht,

verzeih mir,
bleib bei mir."

Einige Monate später begegnete Leo Jasmin auf der belebten Frankfurter Zeil. „Was machst du so, wie geht es dir?", freute sich Leo.

Jasmins Wangen wurden rot, sie senkte ihren Blick: „Meine Mutti und ich widmen uns der Bildhauerei..."

DAS LEBEN VERKEHRT HERUM

*Welches Kind hätte nicht Grund,
über seine Eltern zu weinen?*

Friedrich Wilhelm Nietzsche

Wir leben in einer Zeit, in der sich alles falsch herum dreht. So kann es passieren, dass in Frankfurt-Sachsenhausen in der Schweizer Straße an einem Nachmittag gegen 15 Uhr sich folgende Absurdität zuträgt. Es begegnen sich zwei gewöhnliche Frauen mittleren Alters. Frau Schmidt mit blondierten Haaren und rundem Gesicht und Frau Franz mit rotem, zerzaustem Haar und durchdringendem Blick. Zwischen den zwei Frauen entwickelte sich folgendes Gespräch:

„Guten Tag Frau Franz, Sie alte Hexe. Wie geht es so?"

„Ah, Grüße Sie Frau Schmidt", antwortet Frau Franz. „Schon lange nicht gesehen. Ich merke, Sie haben ein neues Doppelkinn".

„Wissen Sie, Frau Franz, wir stopfen von morgens bis abends lauter ungesundes Zeug in uns hinein, nicht wie Sie nur Gemüse, Obst und Joghurt. Na ja, ich muss zugeben, Sie sehen ziemlich gut aus".

„Das hat man von der frischen Luft. Nichts als Sauerstoff, nirgendwo Rauch oder Staub – es geht mit uns bergab".

„Was Sie nicht sagen", seufzt Frau Schmidt. „Und was macht Ihr Gatte? Klaut er immer noch?"

„Ja er klaut noch immer. Ich sage ihm, hör damit auf. Dein ganzes Leben hast du wie ein Weltmeister gestohlen, jetzt sind die Jungen mal dran".

Frau Schmidt stöhnt und schaut hoffnungslos zum Himmel.

„Ich bitte Sie, die heutige Jugend", seufzt Frau Franz und verdreht die Augen. „Unser Bub wird achtzehn und war noch nie eingelocht. Was haben mein Mann und ich ihn ins Gebet genommen: „Stell was an", haben wir ihn immer wieder ermutigt, aber der junge Herr weigert sich konstant. Das ganze Jahr über hat er nicht die Bohne traktiert, er hat noch nie eine Polizeiwache von innen gesehen, so ein Langweiler. Unser

Junior hat einfach keinen Arsch in der Hose. Keine Ausschreitungen, kein Diebstahl oder ein kleiner normaler Drogendeal. Zu unserer Schande ist er auch noch an die Uni gekommen".

Frau Schmidt nickt ihr traurig zu. „Mit unserer Göre ist es ähnlich. Sie wird bald siebzehn und hatte noch keine Fehlgeburt. Ich frage mich, ob so etwas in unserer Jugend möglich gewesen wäre?"

„Das kommt daher, weil es zu wenig Halunken gibt, die als gute Beispiele dienen könnten", sagt resolut Frau Franz. „Unser Bursche hat nicht mal ein blödes Marihuana geraucht – und wenn Sie ihn sprechen hörten ..... So ein hochtrabendes Deutsch! Ich habe keine Ahnung, von wem er das hat. In unserer Familie spricht man seit je ordinär und ungehobelt. Opa, er soll ewig in der Hölle schmoren, sprach in seinem ganzen Leben nur einen anständigen Satz. Das war damals, als er zufällig nüchtern war".

„Bei uns verhält es sich ähnlich, Frau Schmidt. Sie würden in unserem Haushalt niemals eine Limonade finden. Unlängst ertappte ich unser Töchterchen, wie sie Hassia Sprudel trank. Dabei ist unser Kühlschrank voll Schnaps und Bier, aber das ist für unsere Göre nicht gut genug. Die isst nur Joghurt, treibt Sport und besucht sogar irgendwelche literarischen Lesungen. Igittigitt. Unlängst las ich in einer Zeitung, dass ein Jugendlicher einen alten Mann über die Straße geführt hat. Ja, und stellen Sie sich vor, gestern habe ich mein Mädel erwischt, wie sie sich duschte und das, ohne dass ein Feiertag bevorstand".

Frau Franz wird blass und japst nach Luft. „Was, sie wäscht sich? Das gibt es doch nicht...".

„Ja", sagt Frau Schmidt dramatisch. „Vor Scham hätte ich mich am liebsten versteckt. Dabei bringe ich ihr mühsam bei, das ganze Leben Wasser zu sparen und schmutzig zu sein, und dann diese Schande".

Frau Franz erinnert sich mit schmerzverzerrten Gesicht: „Wir sind in unserer Jugend in Kneipen gegangen, haben gesoffen und kreischten beim Rhythmus von big beat. Dann demolierten wir das Inventar, kamen in Gewahrsam und morgens ging es nachhause. Ach, das waren noch Zeiten". Frau Schmidt seufzt wieder. „Ja, unsere Jugend ist so schnell vorbeigegangen", sagt sie melancholisch. „Damals war Alles grober, vulgärer – ich weiß nicht, was mit unserer Welt geschehen ist. Heutzutage begegnen sie kaum noch einem Schuft".

Frau Franz nimmt eine kämpferische Pose ein und donnert: „Ich sagte unlängst zu meinem Bub: „Solange du deine Füße unter mein Tisch stellst, wirst du dich wie ein richtiger Lump benehmen. Neulich hat er uns gesagt, er wolle auf eine Fete gehen, wo lauter Dirnen verkehren. Ich habe natürlich festgestellt, dass der junge Herr dort nicht ankam. Und wissen Sie, wohin er hingegangen ist? In die Universitätsbibliothek. Sich bilden!"

„Das ist gut, dass Sie ihm das untersagten".

„Darauf können Sie Gift nehmen", sagt Frau Franz erzürnt. „Mein Mann und ich sind ja zum Glück stumpfsinnig und ungehobelt, das haben wir ein Leben lang beibehalten. Sie werden sehen, dass uns unser junger Herr noch mit einem Doktortitel Schande machen wird!"

„So, so", meint Frau Schmidt und schaut auf ihre geklaute Armbanduhr.

„Verdammt, ich muss rennen. Sie bringen meinen Mann aus der Kneipe. Ich habe ihn ein neues Beil gekauft, damit er die Möbel zerhacken kann. Also tschüs, Frau Franz, Sie dickes Frauenzimmer!"

„Tschüs, Frau Schmidt, Sie alte Schrapnelle!"

DER SCHAMANE

Zum ersten Mal bekam ich Rückenschmerzen, als meine damalige Verlobte und ich zurück vom Urlaub kamen, den wir an der Adria verbrachten. Die lange Fahrt in unbequemen Sitzen unserer alten ‚Ente', die wir damals stolz unser Eigen nannten, verursachte mir die ersten Schmerzen.

Plötzlich hatte ich das Gefühl, dass mir meine künftige Ehe vielleicht auch Schmerzen verursachen könnte. Kein unbegründetes Gefühl.

Später verriet mir mein Orthopäde, dass ich als Kind zu schnell wuchs. Ich fragte meine Eltern, warum sie das erlaubt hatten, wobei sie mich ja sonst kurz gehalten hatten. Sie meinten, ich hätte angeblich Niemanden gefragt. Das bin typisch ich.

Danach bekam ich meine Diagnose: degenerative Veränderung des Halswirbels. Degeneration: was für fürchterliches Word.

Ich begann mich zu beobachten. Jeden Morgen schaute ich in den Spiegel, streckte die Zunge aus und machte Grimassen. Ich konnte bislang keine degenerativen Veränderungen entdecken.

Eines Tages begegnete ich Alex in meiner Kneipe. Er erzählte mir, dass er, passionierter Reiter, vom Pferd fiel. Seit der Zeit verspürte er heilende Kräfte.

„Wie geht es dir?", fragte er routiniert. Ich berichtete ihm über mein Leiden. Alex legte seine Hand auf mein Rücken, genau zwischen die Schulterblätter.

„Spürst du etwas?", fragte er suggestive.

„Sollte ich? Vielleicht Wärme? Wenn Du mich so fragst, ja, Wärme".

„Bleib nur ruhig sitzen".

Nach einer Weile hatten wir die Aufmerksamkeit der Stammgäste auf uns gerichtet. Sie beobachteten missbilligend, dass einer von uns beiden deppert vor sich hinschaute, wobei der andere ihn von hinten umarmte. Ich muss betonen, dass zu der damaligen Zeit noch keine registrierte Partnerschaft existierte.

Mittlerweile schaute uns bereits die ganze Kneipengesellschaft skeptisch zu.

„Es tut mir wirklich weh", versuchte ich mich zu rechtfertigen.

„Keine Angst, ich habe meine Kräfte ausprobiert. Frag mal Podolski. Seine Magengeschwüre wurden durch mich erfolgreich behandelt".

Alex lief mit langen storchenartigen Schritten um ich herum und murmelte etwas, wie: „Schmerzen weg". Mir kam es vor, als ob ein Schamane seine Beschwörungen zelebrierte. Und tatsächlich verspürte ich eine Erleichterung. Alex bot mir noch eine telefonische Beratung an, falls die Schmerzen zurückkommen sollten.

Am nächsten Morgen stand ich wie ein Neugeborener auf. Und auch die folgenden Jahre verbrachte ich schmerzlos. Aus Alex wurde ein geachteter Heiler, der überall Vorträge und Sèancen vor hunderten Menschen hielt.

Nach ein paar Jahren entschloss er sich, seine Tätigkeit als Wunderheiler zu schmeißen. Geschmissen hat ihn auch sein Pferd, nur diesmal ist Alex nicht mehr aufgestanden. Ich war entsetzt. Es war sicherlich ein schlechtes Zeichen. Seit der Zeit lasse ich nur Inge, meine Frau, an meinen Rücken.

Während dessen steigt der Grad meiner Degeneration. Unlängst konnte ich mich nicht an den Namen meines Sohnes erinnern. Morgens stellte ich fest, dass zwei meiner Zähne wackelten und Haare fielen mir büschelweise aus. Es ist Zeit meine Angelegenheiten in Ordnung zu bringen, ehe es zu spät ist und die Degeneration noch weiter fortschreitet.

DREIZACK

Glücklich, wer jammern kann,
um sich wohl zu fühlen.

„Gestern hatte ich fast eine halbe Stunde lang Schmerzen in der linken Bauchseite", eröffnete mir unlängst mein Bekannter Fritz.

„Wenn es die rechte Seite gewesen wäre, dann würde ich auf Blinddarm tippen, links sollten eigentlich die Nieren sein. Warum hätten sie mir wehtun sollen, ich trinke doch nicht", meinte er selbstgefällig.

Ich kenne einige kerngesunde Menschen, die panische Angst davor haben, krank zu werden. Jeden Morgen wachen sie voll Entsetzen auf, in Angst was mit ihrer unvollkommenen Körperhülle passieren könnte. Wenn es sie irgendwo kneift, konsultieren sie sofort medizinische Fachliteratur, resp. entsprechende Signalwörter im Internet und versuchen der Sache Herr zu werden.

Fritz beginnt den Tag auf die gleiche Weise:

Er prüft im Spiegel gründlich, ob er es ist und nicht ein anderer. Die eingehende Zahnpflege mit der elektrischen Zahnbürste und mit Zahnseide erfolgt so intensiv, dass es ihm bereits gelungen ist, eine Zahnplombe heraus zu puhlen. Nach einer kalten Dusche reibt er seinen Körper gründlich, um die Poren zu öffnen. Wenn sich die Poren genügend geöffnet haben, übergießt er sich mit Plantaren Ölen und geht hinaus, um die Menschen mit dem Gestank dieser Öle zu belästigen. Einmal hat ihn ein Mitfahrer aus dem Stadtbus hinausgeworfen und er musste zu Fuß zur Arbeit gehen.

Fritz war in der Lage über Gesundheit überzeugend zu sprechen. Wer ihn nicht kannte, glaubte, er sei ein voll ausgebildeter Arzt. Vor einiger Zeit hat er mich total verrückt gemacht mit einer angeblich todsicheren Information: „Du darfst bis zum Mittagessen nichts anderes als Obst verzehren. Das reinigt den Organismus".

Ich habe es ein halbes Jahr ausgehalten, meinen Körper zu reinigen. Das einzige Resultat war, dass ich danach jahrelang keine Bananen und Orangen mehr sehen konnte.

Unlängst offenbarte er mir, dass er endlich ein Allheilmittel gegen fast alle Leiden gefunden habe. Er hat einen Heilpraktiker kennengelernt, der einen Tee aus Dreizack herstellt. „Du meinst einen Rentner, dem nur noch drei Zähne geblieben sind", versuchte ich witzig zu sein.

„Du Spötter. Wenn du Kopfschmerzen hasst, nimmst du Dreizack, wenn du zur Kahlköpfigkeit neigst, nimmst du Dreizack".

„Das hättest du mir vor 20 Jahren sagen sollen", lächelte ich ihn an. „Fürs Erste gebe ich dir von meinem Vorrat. Wenn dich etwas plagt, löst du einen Suppenlöffel Dreizack Kraut im kochenden Wasser auf und lässt es 10 Minuten ziehen. Der Erfolg lässt nicht lange auf sich warten". In diesem Zusammenhang erinnerte ich mich an meine Eltern. Auch meine Mutter bereitete verschiedene Kräutertees zu, die scheußlich schmeckten. Nur mein Vater trank sie tapfer aus Solidarität.

Zu Hause legte ich die Säckchen mit Dreizack in den Küchenschrank neben Fertigsuppen und andere Kräuter und vergaß das Wundermittel.

Nach einem Jahr besuchte ich die Internationale Buchmesse in Frankfurt. Ich nehme regelmäßig an diesen Kunst- und Buchmessen teil. Ich sehe es als anspruchsvoll an, sich unter die verschiedensten Bücher, resp. Kunstwerke zu mischen, um so das Gehirn fit zu halten.

Und siehe da, der berühmte Kräuterexperte Fritz, mein Freund, las dort aus einem Buch. Natürlich aus seinem Heilkunde-Exemplar. Wir begrüßten uns herzlich, wobei er mich besorgt anschaute. „Josef, du siehst sehr blass aus und hast dunkle Ringe unter den Augen". „Das kann vielleicht durch Müdigkeit entstanden sein. In der letzten Zeit übertreibe ich es etwas mit dem Schreiben", versuchte ich seine Entdeckung herunterzuspielen.

„Ich würde eher auf die Leber tippen. Sie ist wahrscheinlich verfettet und funktioniert nicht richtig, man muss sie entgiften", meinte Fritz.

„Du solltest es nicht auf die leichte Schulter nehmen. Ich verschreibe dir ein Rezept". Er kritzelte etwas auf ein Stück Papier: „Vermische Madagaskar-Immergrün, indische Schlangenwurzel und Dreizack Kraut und bereite dir daraus einen Tee. Wenn du die Mischung 3 x täglich trinkst, bist du in kurzer Zeit ohne gesundheitliche Probleme". „Wieder der Dreizack", dachte ich. Ach was, ich trinke sowieso zu wenig und so schlage ich zwei Fliegen mit einer Klappe. Der Tee aus Dreizack schmeckte merkwürdigerweise besser als der von meiner Mutter. Nach einiger Zeit verschwanden die Ringe unter meinen Augen und ich fühlte mich wohl. Und außerdem ist es ganz gesund, mal krank zu sein. Sollte mich trotzdem ein Leiden überfallen, ist hier doch noch der Dreizack, oder?

DU SOLLST NICHT TÖTEN!

Männliche Leser der älteren Generation erinnern sich sicherlich an abenteuerliche Zeiten, in denen die Buben stolz mit den schön geschnitzten Holzschwertern elegant hantierten, um den ‚edlen Gegner' zur Stecke zu bringen. Das während des Kampfes aus der Hand geschlagene kunstvolle Schwert, haben wir dem ‚Ritter-Gegner' wiederum großzügig mit der Fußspitze zurückgespielt und der tapfere Kampf konnte fortgesetzt werden.

Damals verzauberten mich unter anderem Fanfa'n Tulip'an, die vier Musketiere oder Cervantes, der gegen die Windmühlen ankämpfte.

Abenteuer, Ritterlichkeit, Nonchalance, Fantasie und Träume begleiteten meine Kindheit. Brutale Computerspiele waren damals unbekannt.

Meine Frau und ich bereiteten uns auf eine umfangreiche Urlaubsreise nach Spanien vor, dass noch immer mit Stierkämpfen assoziiert wird. Sicherlich würden unsere Freunde und Bekannten die Nase rümpfen: „Ihr wart in Spanien ohne eine Corrida (spanisch: Stierkampf) zu besuchen?"

Meine zart besaitete mir Anvertraute war von einem Stierkampf so wenig begeistert wie ein Eskimo, der seinen Urlaub in der Südsee verbringen muss. Nach langem Überlegen kam sie auf eine glorreiche Idee. Während gewaltsamer Szenen würde sie eine Schlafmaske überziehen.

So haben wir eine stattliche Summe an Eintrittsgeld ausgespuckt und nahmen auf der Tribüne in der traditionsreichen Arena von Sevilla neben einem freundlichen, rotbäckigen Spanier Platz. Er war überaus mitteilsam, ohne dass er ein Wort deutsch sprach, während ich sogar zwei spanische Begriffe beherrschte: ‚gracias' und ‚bueno'. Wir haben uns trotzdem hervorragend unterhalten, man hat schließlich Erfahrungen aus anderen Stadien. Ich war aufgeregt. Was für ein Blick! Die schwarzen Anzüge der Toreros sind mit goldenen Stickereien und tausend bunten Glassteinchen verziert, die in der Sonne funkeln. Ein „Ole'!, Ole'! Que Arte!" tönte durch die Reihen der Tribünen. Jedes Mal, wenn ich fragte, ob das ‚bueno' sei, hob er despektierlich seine Arme hoch, mit den Daumen nach unten. Dabei enthüllte mein Nachbar seine teure Rolex. Er war überhaupt eine gepflegte Erscheinung. Sein rundes Gesicht verriet großen Schmerz beim Anblick der taumelnden Gestalten in der Arena, die keine Toreros waren, sondern jämmerlich anzuschauendes Fallobst, Nachtwächter oder Faulenzer. Weil diese Kerle zuerst mit dem Stier nichts anfangen konnten, wurden die bedauernswerten Stierkämpfer von den unzufriedenen Zuschauern mit überreifen Orangen oder mit Sitzkissen beworfen. Eine temperamentvolle Dame warf sogar ein Paar bunte Sandalen in die Arena.

Das Tier ist endlich tot. Seine Seele wird im Himmel erwartet.

Dann begann die Pause. Unser Bekannter, der früher selbst Stierkämpfer war, lädt uns auf einen Schmaus in einen Laden in den Kuloaren des Stadion- Komplexes ein. Es gibt frische Spezialitäten: Stier Schwanz, Steaks und Hoden, die meine Frau kategorisch ablehnte zu konsumieren. Der Schwanz wird in einer aromatischen Soße zubereitet, ist jedoch knorpelig und fett. Das Fleisch ist rein biologisch, da sich der Stier vier Jahre im Freien bewegt, bevor ihn das grausame Schicksal ereilt und muss bis spätestens 30 Minuten nach seinem Ableben verarbeitet werden. Ein ausgewachsener Stier wiegt ca. 450 Kilogramm, wobei sich sein Preis auf 20.000 € beläuft. Nach einer besonders gelungenen Corrida darf der geschickte Matador dem toten Tier ein Ohr abschneiden.

Die Pause ist zu Ende. Tosender Applaus begrüßt die neuen Akteure. Die Spanier haben nämlich geschulte Augen, um alle Finessen, elegante Körperdrehungen oder Tanzschritte beurteilen und genießen zu können.

Genauso, wie unsereiner es genießt in einem hochklassigen Fußballspiel, in dem ein versierter Spieler eine tolle Hacke vorführt, drei Gegner umspielt, resp. einen unterhaltsamen Schuss in die obere Ecke des Tores abfeuert.

Der einzige, aber wesentliche Unterschied ist, dass der Gegner-Verlierer im Fußball nicht getötet wird. Stierkämpfe sind im Prinzip nach einem Ritual durchgeführte Stierschlachtungen. Die Kunst besteht darin, den Stier nicht zu stechen, wann und wo der Toreador es will. Der letzte tödliche Stich muss auf den Kopf treffen und das von vorne gegen die Hörner, die einzige tödliche Stelle, von der Größe eines 50-Cent-Stücks. Selbstverständlich endet jedes tapfere Tier in der Arena wie alle anderen vorher – mit dem Tod. Die ganze Corrida über wünschte ich mir inbrünstig, dass wenigstens einmal ein Stier gewinnen würde.

Am Ende der Show schleppt ein prachtvoll ausgeschmücktes Maultiergespann den toten Stier wie einen Helden aus der Arena.

Für mich war die größte Heldin meine Frau, die mit Unterbrechungen fast zweieinhalb Stunden in der Schlafmaske ausgeharrt hatte.

SIEBEN MAL SONNE

Erwin und Erna verbringen ein friedliches Leben in Bielefeld. Erwin geht jeden Morgen in seine Amtsstube beim Finanzamt. Erna versucht ihrem Gatten möglichst ein angenehmes Leben zu bieten. Fast jedes Wochenende und auch die Urlaubszeit genießen sie in ihrem Schrebergarten, der 5 Kilometer entfernt von Bielefeld inmitten all der putzigen Gartenzwerge liegt.

Eines Tages störte ihr Nachbar Paul diese friedliche Idylle, als er an das Gartentor anklopfte. Er erzählte begeistert von seinem Urlaub in Ägypten.

„Was, du warst unter Beduinen und dann noch im Zelt, da kriegen mich keine zehn Pferde hin!", kommentierte verachtungsvoll Erwin.

Paul ließ sich nicht entmutigen. Er präsentierte seinen Nachbarn das tolle ägyptische Bier 'Stela', das man dort unter deutscher Lizenz braut. Dieses Schaumgetränk mundete Erwin und auch Erna.

Trotzdem rümpfte Erna ihr Näschen: „Igittigitt, dort ist ja überall Sand und das Wasser ist salzig". Paul erklärte geduldig, dass man doch die herrliche Pool Anlage benutzen könnte. Als dann ihr Nachbar von einem deutschen Restaurant 'Zum Kaiser' begeistert berichtete, das sich in Mitten des Hotel Areals befindet, beschlossen Erwin und Erna sich doch für eine Woche von den Gartenzwergen zu trennen.

Im Flieger 'Air Ägypt' fingen bereits einige Problemchen an, denn Erna musste sich gewaltsam in die engen Sitze zwängen, wobei ihre Hüften in Mitleidenschaft gezogen wurden. Erwin wiederum benötigte besondere Sicherheitsgurte in der Größe XXXL. Als die charmante Stewardess sich über seinen Bauch beugte, schnupperte Erwin den betörenden Duft eines orientalischen Parfüms, der nach einem Harem roch. Dabei fühlte er in seiner Fantasie den wunderbar elastischen Körper der attraktiven Ägypterin. Erwins Mundwinkel zogen sich leicht nach oben.

Nach kurzer Flugzeit fischte Erna aus ihrem Handgepäck eine verbeulte Butterbrotdose mit belegten Broten und eine Flasche Wasser. Paul befürwortete das sehr, denn er meinte, dass man im Charter Flieger ja für alles bezahlen muss. Als sie gerade beim Schmausen waren, bewegte sich die attraktive Stewardess mit einem vollbeladener Wagen mit Getränken durch den Flieger, und Paul konnte abermals die Duftwolke der liebreizenden Flugbegleiterin genießen. Übrigens, das angebotene Wasser war kostenlos.

Endlich gelangten Erwin und Erna in das hochgepriesene Refugium.

„Schau mal, Erwin Schatz, so ein komfortables Zimmer", begeisterte sich Erna. „Wenigstens ist es kein Zelt", brummte der Ehegatte. Nach kritischer Observierung der Lokalität murmelte er kopfschüttelnd: „Die Kacheln im Bad sind miserabel verlegt".

Am nächsten herrlichen Morgen befand sich unser Paar am Strand. Kleine weiße Wölkchen segelten eilig über den blauen Himmel und die Sonne beschien die sanften Wellen des Meeres. Während Erna sich mit strahlendem Lächeln im neuen indigoblauen Badeanzug und weißer, sehr dekorativer Badekappe aus den siebziger Jahren präsentierte, die ihr hübsches Gesichtchen noch betonte, stand Erwin griesgrämig und unentschlossen da wie ein aufgeplusterter Gockel.

Seinen runden Kopf zierte ein kleiner, aber fescher Strohhut. Das breite Gesicht vermittelte den Ausdruck von permanenter Missachtung. Seine Stirn war mit Schweißperlen bedeckt. Die kleinen Äugelein mit hellen Augenbrauen schauten missmutig hinter einer Nickelbrille in die lebensbejahende ägyptische Welt. Die Mundwinkel waren nach unten gesenkt. Der massive Wohlstandbauch nahm den überwiegenden Teil seines Körpers ein, sodass man von der knappen Badehose nur ein winziges rotes Dreieck sehen konnte. Stattliche leichte X-Beine standen breit aufgestellt, stramme Waderl waren umhüllt von schwarzen Socken und zum Abschluss kamen braun-beige Sandalen zum Vorschein.

Erwin und Erna inspizierten kritisch die für sie unbekannte Strandwelt. Einige hauptsächlich jüngere Badegäste präsentierten ihre verschiedenartige Tattoos an allen möglichen und auch unmöglichen Körperstellen. „Sie sind bemalt wie Indianer", schnaubte Erna verachtungsvoll.

„Wenn man dir so ein Tattoo auf den Hintern auftragen sollte, da würde die ganze Menschheit von Beginn bis zum heutigen Tag darauf passen", versuchte Erwin spitzbübisch ein Späßle zu machen". „Du bist ja sehr galant", meinte seine Frau säuerlich. Erwin ließ sich auf die nächst frei stehende Liege fallen, die unter dem Gewicht des stattlichen Mannsbildes beleidigt ächzte. Aber sie blieb unversehrt.

„Erna-Mäuschen", meinte er dann, „ stell dich doch mal in die Sonne, mir ist es zu heiß!", befahl ihr Gemahl.

Sogleich verbreitete sich über ihn eine Sonnenfinsternis.

„Jetzt bräuchte ich noch eine Bildzeitung und ein Bierchen", knurrte Erwin. „Wer weiß, was die Flüchtlinge wieder ausgeheckt haben". Mittlerweile bekam er von einem freundlichen Bediensteten eine Flasche Stela. Halbwegs zufrieden fiel Erwin in einen tiefen Schlaf, der von einem lauten Schnarchen begleitet wurde. In Windeseile entfernten sich kopfschüttelnd alle Gäste im Umkreis von fünfzig Metern.

Die Sonne senkte sich hinter dem Horizont. Die Tageshitze wurde durch lindes Lüftchen ersetzt, das sich nun im Rauschen der Palmenwedel bemerkbar machte. Die angenehm würzige Feuchtigkeit umhüllte die Körper von Erwin und Erna. Die prachtvoll blühenden Sträucher, sowie die verschiedenen Palmenarten wurden romantisch beleuchtet.

Unser Paar schlenderte entlang der mit mehr oder weniger ansprechenden Souvenirs vollgestopften Shops, die andeuteten, welcher glorreichen Vergangenheit sich dieses Land rühmen konnte.

Erwin trug zur Feier des Tages ein weißes, frisch gebügeltes Hemd, das allerdings im Bauchbereich sehr spannte. Erna-Mäuschen folgte ihm im angemessenen Abstand, wie es sich in einer ordentlichen patriarchalischen Ehe gehörte. Sie trug ein geblümtes neues Kleidchen, das sie für besondere Anlässe im NKD-Markt gekauft hatte. Es war ein wenig zu kurz und zu eng, aber sonst stand es ihr perfekt.

Als sie an einem orientalischen Restaurant vorbeispazierten, zogen ihnen herrliche Düfte von Kardamom, Kreuzkümmel, Ingwer, Curry und anderen fremdländischen Gerüchen in die Nase. Erwin runzelte die Stirn und knurrte so etwas wie „Kameltreiber."

Dann passierten sie ein einladendes italienisches Restaurant. Erwin schnaubte herablassend: „Die Spagettis dürfen ja auch nirgendwo fehlen". Endlich vernahmen sie eine ziemlich grelle, rote Reklame 'Zum Kaiser'. Erwins Kiefermuskeln entspannten sich, denn am Eingang hing ein überdimensionales Portrait nicht etwa wie von Kaiser Wilhelm, wie er es erwartet hatte, sondern von Franz Beckenbauer. „Auch gut", brummte Erwin billigend. Sie nahmen in einem wohltemperierten großen Gästeraum Platz. Von allen Wänden hingen dicht aneinander Bilder von 'Kaiser Franz' und schauten den Gästen in die Teller. Einmal sah man Beckenbauer als jungen Spieler, ein anderes mal als einen autoritären Trainer und schließlich offenbarte er sich als Funktionär mit anderen prominenten Zelebritäten.

Das Lokal entsprach absolut den Erwartungen von Erwin und Erna.

Mit Appetit verschlang Erwin zwei dicke Scheiben Leberkäse und ein großes Rinderschnitzel auf Zigeuner Art (in einem moslemischen Land wird kein Schweinefleisch angeboten). Erna, die am Strand missmutig die Cellulitis an ihren Schenkel betrachtete, begnügte sich mit Salat und Gemüse. Ein hübscher Nachfahre der alten Ägypter goss Erwin das vierte Glas Stela Bier und fragte lächelnd: „Alles gut, Chef?" Erwin nickte unmerklich, wobei sich seine Mundwinkel ein wenig nach oben zogen.

Erwin und Erna schauten sich neugierig die anderen Gäste an. Am Nebentisch saß ein Pärchen mittleren Alters, das zweifellos aus Russland kam. Ein unverkennbares rundes Köpfchen mit hohen Wangenknochen, Stupsnase und schlecht blondiertes Haar zeichnete die Frau aus, während ihr Mann, von massiver Gestalt, sich mit einem Zahnstocher die Essensreste aus den Zähnen puhlte. Die russische Dame hatte den linken Ellbogen auf dem Tisch gestützt, um so ihrem anscheinend sehr schweren Kopf Halt zu geben. Mit der rechten Hand stocherte sie elegant in ihren Essen.

„Banausen", flüsterte Erwin, „zuhause haben sie wahrscheinlich nur einen Holzlöffel".

Der nächste Morgen war traumhaft. Tadelloser hellblauer Himmel ohne ein Wölkchen. Die türkisblaue Wasserfläche glänzte in der intensiv strahlenden Sonne. Ein Paradies.

Am nahegelegenen Flughafen landete eine Maschine der Aeroflot direkt aus Moskau. Frischfleisch! Zum Strand marschierten, oder soll ich lieber schreiben schwebten elegant drei 120 kg-leichte Grazien, die selbstbewusst ihre Körper in winzigen Bikinis zu Schau trugen. In der Frontansicht verschwanden die Bikini-Höschen unter viel Speck. Im seichten Meereswasser standen sie wie Felsen in der Brandung und ließen sich in koketten Posen fotografieren. Welch ein ästhetischer Anblick!

„Mein Gott, wo bekommt man solche Bikini-Größen?", murmelte Erna entgeistert.

„Na ja, viel Stoff braucht man dafür nicht", raunte Erwin. „Die ausladenden Bäuche mögen die Konsequenz falscher Ernährung sein, oder sind sie genetisch bedingt?"

Die meisten Aeroflot-Passagiere gruppierten sich um die naheliegende Strandbar und ließen es sich bei Cuba Libre, dass allerdings aus zwei Drittel Wodka und einem Drittel Cola bestand, gut gehen. Als die drei properen Grazien dort erschienen, fiel einem jungen, unerfahrenen ägyptischen Angestellten, der dort als Kehrer fungierte, fast der Besen aus der Hand und starrte diese Rubensfrauen mit weit geöffnetem Mund an. Dabei kehrte er eifrig den Schmutz über die Schaufel drüber, so fasziniert war er von diesen wogenden Massen.

So gegen 11 Uhr vormittags sind die Wodka-Vorräte in der Bar ausgegangen.

Erwin und Erna saßen unter einem Schirm auf einer Liege und tranken mit Bedacht ihr Bierchen und beobachteten neugierig die Umgebung.

Frohlockend stiegen dann die drei Schönheiten ins Wasser der Lagune.

Die Flut stieg in diesem Moment mehr als sonst an.

Die Sonne, die sich wie eine gelblich glühende Scheibe hinter den Horizont senkte, beleuchtete noch in der Weite die bizarr scharfkantigen Hügel der Sanddünen der Wüste. Man spürte ein mildes Lüftchen auf der Haut.

Die Woche ging rasch vorbei. Es war der letzte Abend. Unser Pärchen promenierte ein wenig wehmütig durch die herrliche Anlage. Die bunt blühenden Sträucher, die prächtigen Blumen und die verschiedenen Palmenarten präsentierten sich stolz den vorbei schlendernden Urlaubern. Die Vögelchen zwitscherten ihre Abendserenade. Die ersten Sterne kamen am graublauen Himmel zum Vorschein.

Erwin schaute verliebt seine Erna an. „Das war eine wunderschöne Woche, mein Sternchen". „Ach, wie süß, so hat er mich noch nie genannt", ging es Erna durch den Kopf. Sie legte ihre Hände zärtlich um seinen Hals. „Das könnten wir ja wiederholen", wisperte sie liebevoll.

Auf Reisen suchen Deutsche
kein fremdes Land,
sondern Deutschland mit Sonne.

Erwin Scheuch

SCHWÖRE!

*Wenn ein Mann einer Frau verspricht sie ewig zu lieben,
dann setzt er voraus,
dass sie immer liebenswert bleiben wird.*

Michel Eyquem Montaigne

Der alte Schmidt liegt im Sterben. Kein Wunder, er ist schon uralt. Aus der weißen Bettdecke ragt nur ein blasses, hageres Gesicht mit einer spitzen Nase. Seine stechenden Augen schauen zur Decke empor. Er lässt sein Leben Revue passieren, wobei nichts Besonderes dabei herauskommt.

Neid und Eifersucht waren seine Begleiter. Damals haben Irmgards üppige Formen ihn begeistert. Männer in ihrer Umgebung schauten ihr gierig nach. „Ja", dachte er, „die vergängliche Jugend". Hätte er sein Leben anders gelebt? Wahrscheinlich nicht.

Letztendlich stellte er sich nur noch eine pragmatische Frage: Müsste die Decke im Schlafzimmer nicht wieder mal gestrichen werden? Aber das sollte ihm eigentlich egal sein. Das Rad des Lebens verlangsamt sich, bis es endgültig stehen bleibt. Die Decke muss man nicht streichen, sterben dagegen muss man.

Irmgard steht in der Küche und bereitet sich einen Kaffee. Verstohlen schaut sie ihren sterbenden Gatten an. Was um Gottes Willen sind wohl die letzten Gedanken eines Sterbenden, fragt sie sich. Aus ihrem Grübeln reißt sie die brüchige Stimme ihres Mannes:

„Irmgard, hörst du mich?"

„Klar höre ich dich. Möchtest du eine Tasse Tee?"

„Nein", krächzt es aus dem Schlafzimmer. „Sag mal Irmgard, warst du mir immer treu?"

Durch Irmgards Körper geht ein Ruck. Das sollen die letzten Gedanken eines Sterbenden sein? „Was fällt dir ein, du alter Bock?"

„Ich will wissen: Warst du es - oder nicht?"

Nach einer längeren Pause hört man aus der Küche: „Darauf kannst du Gift nehmen, dass ich dir treu war." Sie wirft einen kurzen Blick zum Bett ihres Angetrauten, dabei seufzt sie unhörbar. Das mit dem Gift hat sie ein wenig übertrieben. Tja, 50 Jahre Zweisamkeit mit ihrem Franz waren nicht immer harmonisch. Sie denkt darüber nach, wie sie die ganze Zeit die Karre durch den steinigen Weg der Ehe gezogen hatte. Wie oft ist der Franz weggegangen, hat die Tür zugeschlagen und ist in der Dunkelheit verschwunden, nur deshalb, weil sie mit ihm mal wieder nicht ins Bett steigen wollte. Sie war an solchen Abenden nur müde nach der täglichen Schufterei.

„Aber ja", sagt sie nachsichtig. In diesem Augenblick kommt ihr die Episode in Sinn, als ihr Mann wieder mal auf Montage war und sie sich einsam fühlte. Dazu kam noch, dass Franz ihr nicht mal ein paar Zeilen geschrieben hatte. Da kam eines Tages der fesche Steuerberater. Die Liaison verlief allerdings enttäuschend, schon wegen der Pickel in seinem Gesicht. Sie musste sich damals eingestehen, dass ihr Alter doch der bessere Liebhaber war. Damals vor 50 Jahren hatte er sie mit tausenden schmeichelnden Worten umworben.

„Kann ich was für dich tun, vielleicht eine Hühnerbrühe?", ruft sie ihrem Gatten zu.

„Rede dich nicht raus. Schwöre, dass du mir immer treu warst".

Ohne ihm zuzuhören, denkt sie ein wenig beschämt über das Begräbnis nach: „Die aufwendigen Blumensträuße und Kränze würden bestimmt Neid bei Elke und Gisela hervorrufen. Und dann sie – in dem eleganten, schwarzen Kleid. Hoffentlich regnet es nicht wieder!"

Der alte Schmidt schafft es mühsam sich im Bett aufzusetzen. „Ich habe gefragt, warst du mir das ganze Leben lang treu? Schwöre es!", kreischt er mit überraschend fester Stimme, wobei sein ausgemergelter Körper bebt und die Adern an den Schläfen hervortreten.

Es entsteht wieder eine lange, peinliche Pause.

„Ich kann nicht schwören, Franzl", antwortet Irmgard leise und senkt ihren Blick auf schwarz-weißen Kachelboden der Küche.

Der Alte reißt die Augen auf, fasst sich ans Herz und ringt nach Luft:

„Und diese Frau will meine Augen schließen", schreit er empört. Er zwängt sich unerwartet flink aus dem Bett, zieht seinen Mantel an, stampft an seiner Angetrauten vorbei und knallt laut die Tür hinter sich zu.

Irmgard sinkt auf einen Stuhl und denkt: „Er muss immer alles verderben. Sogar seinen Abgang. Und das aus purer Eifersucht".

ECCE HOMO

An einem schönen, aber heißen Nachmittag, saß ich in einem Kaffee und trank Mineralwasser. Ein unauffälliger Mann, der gerade vorbeiging, zeigte auf das Wasser, das ich mir gerade eingegossen hatte und sagte weitblickend: „Mit Wasser begann alles". Ohne mich zu fragen, setzte er sich zu mir. Ich hörte von ihm eine unglaubliche Evolutionstheorie, die, ich gebe es zu, mich in ihren Bann zog. „Heute haben wir alles: Autos, Flugzeuge, Rindswürste, Krankenhäuser, Biere, Atomwaffen und ... Sorgen. Vor Millionen Jahren begann das Leben nicht mit den Affen, sondern irgendwo bei Grönland lebte ein Männlein, unser Urvater. Er fror und zitterte so schrecklich, dass seine Gelenke aneinander rieben und Funken erzeugten. Die aus dem Wasser ragenden Algen entzündeten sich und steckten die dort befindliche Erdölquelle an. Es entstand ein Feuer, an dem sich das Männlein mit Freude erwärmte. Unserer Urahn hatte damals einen dreieckigen Kopf mit einem spitzen Kinn, auf dem eine Art von Horn wuchs. Damit sendete er unabsichtlich seine simplen Gedanken in den Äther. Auf der anderen Seite der Erdkugel wurden sie vernommen von Wesen, die vor Millionen Jahren aus dem Wasser herausgekrochen waren. Ihre Flossen waren zu Gliedern mutiert. Als sie aufrecht gingen, empfingen sie die Signale des Grönland-Menschen. Wenn er Zahnschmerzen hatte, hatten sie die auch. Die Köpfe bekamen mit der Zeit die Form des Kopfes uns bekannten Menschen. Die Eiszeit verschwand und es wurde sehr heiß". Dann fuhr er fort:

„Die Urmenschen versteckten sich vor der Hitze und dem Regen in Höhlen. Die Wärme, der Regen und auch die Exkremente unserer Vorfahren bewirkten ein Wunder. Es entstand ein Büschel Gras und später wuchsen der erste Löwenzahn und verschiedenartige Disteln, auf die sich die ersten Bienen mit langen Rüsseln niederließen. Und siehe da: Der erste Baum erhob stolz seine Krone. Einige unserer Urväter legten sich darunter und wurden faul und dick.

Nach weiteren hunderttausenden Jahren der Wanderung einiger agilen Urmenschen trafen sich verschiedene Stämme. Einige derer hatten Hörner am Kopf und die in verschiedenen Größen. Die Menschen erschraken, als sie sich gegenseitig erblickten, denn sie dachten, das Gegenüber seien sie selbst. Das erklärt sich, denn ihre Augen waren noch trüb und sie hatten ihr Antlitz bislang nur im Wasser betrachten können.

„A', A', A'", riefen sie und zeigten auf sich.

Wieder verging eine lange Zeit und die Erde bevölkerte Fünfhufer, die Vorgänger des Pferdes und auch Geier, die auf dem Rücken eine Art Panzer trugen. Wegen des Ballastes konnten die Urvögel jeweils nur ein paar Meter fliegen. Es sah sicherlich ulkig aus". Er holte tief Luft und berichtete weiter:

„Man wird es kaum glauben, doch bereits in dieser Urzeit teilten sich die aufrecht n Wesen in Vollidioten und Intelligenzbestien. Die letzteren hatten Plattfüße und wollten nicht mehr zu Fuß stapfen. Der cleverste begann auf dem Fünfhufer zu reiten. Das gefiel einem anderen nicht. Neidisch warf er mit einem Stein den Reitenden hinunter. Letztendlich trabte unser Fünfhufer allein zu der Höhle. Die Höhlenmenschen erschlugen dieses Urtier mit einem Beil und brieten es über dem Feuer. So entstanden die ersten Gourmets, über die nach einer Million Jahren im Fernsehen ausführlich berichtet wird. Aber ich will nichts vorwegnehmen.

Da passierte es, dass ein Urmensch dem anderen ein Bein stellte. Der Betroffene ließ sich das nicht gefallen. Es kamen andere hinzu und so entstand eine Schlägerei. Die parallel zu den Urmenschen erscheinenden Affen sahen dieses Spektakel mit weit aufgerissenen Augen. Sie schüttelten die Köpfe und es schien, als ob sie die Kämpfenden auslachten". Wieder entstand eine kleine Pause, bis der dann weiter erzählte:

„Unsere Vorfahren haben es sich in den Höhlen gemütlich gemacht. Einige hatten kleinere Höhlen und die Menschen, die große Hörner trugen, suchten sich größere Unterkünfte.

Plötzlich stand ein lispelnder Stammvater auf und rief begeistert: „Menschchch!"

Etliche Urväter hatten keinen Bock zu schaffen. Sie erteilten sich Titeln, Ämter und Pöstchen. Aus vielen sind Politiker geworden. Diejenigen, die in der Rangfolge ganz unten standen, wurden zu Soldaten, respektive zum Fußvolk.

Im Laufe der Jahrtausende haben unsere Vorfahren zwar die Hörner verloren, jedoch teuflische Dinge erfunden, wie: Verkabelung, Internet oder iPhone. Die Bevölkerung der Erde wuchs beständig. Um dieser Tendenz entgegenzuwirken, schickte man viele Menschen in riesigen Raketen ins All. Nach einem Jahr kamen sie allerdings zurück. Sie hatten eckige Köpfe und riefen: „ A', A', A'... ."

Mein Gegenüber beendete seine Ausführungen. Dann trank er Wasser aus seinem Glas und sagte: „Ja, das Wasser war ein wichtiges Element".

Ich sah ihn verständnislos an und fragte unsicher: „Waren sie schon bei einem Psychiater?"

Er lächelte und erwiderte: „Ja, da war ich bereits."

„Und was sagte er?", fragte ich.

„Der Fantasie sind keine Grenzen gesetzt.

Alles ist möglich!"

IM ERDKUNDE KABINETT

Studienrat Kunze stand am Fenster des Erkunde Kabinetts und schaute hinunter in den Schulhof, in dem die Schüler unbekümmert tobten. Sie genossen gerade die zweite große Pause.

Seine Gedanken beschäftigten sich mit dem Stoff, den er in der 2. Klasse der gymnasialen Oberstufe durchnehmen wollte, sodass er ein zaghaftes Klopfen an die Tür kaum wahrgenommen hatte.

„Ja, bitte", sagte er mit abwesender Stimme.

In dem Türspalt zeigte sich zuerst ein süßes Stupsnäschen und dann trat die großartig aussehende Leonie aus der 2 A etwas verunsichert herein. Eine Wolke des nach Erdbeeren riechenden Parfums verbreitete sich durch das sehr staubige und nüchtern wirkende Kabinett.

Das hübscheste Mädchen der Klasse stand vor ihm in einem pink farbigen Miniröckchen, sodass ihre gebräunten wohlgeformten Beine beim Betrachter den Atem stocken ließ. Wenn der Blick nach oben schweifte, konnte man in den Tiefen ihrer himmelblauen Augen den Beginn der weiblichen Reife erahnen. Die professionelle Ehre des Lehrers Kunze ließ natürlich jegliche persönlichen Affinitäten nicht zu.

Zwischen Leonie und ihrem Pauker entwickelte sich der nachfolgende Dialog.

Er fragte sie, noch in Gedanken an seine nächste Stunde vertieft:

„Was kann ich für dich tun?"

„Entschuldigen Sie die Störung, aber ich weiß nicht mehr ein und aus", sagte Leonie mitleiderregend.

„Nur Mut, atme tief durch und erzähle, was dich bedrückt", sagte er jovial.

Leonie sah ihn entschlossen an und sprach leise weiter: „Würden Sie mich heiraten?" Ihre Wangen färbten sich rot.

„Wie bitte?", Kunze schaute das ansehnliche Mädchen unverständlich an.

„Wenn Sie möchten, dann gleich", meinte Leonie zielbewusst.

„Mädchen, du hast Probleme, du solltest dringend den Schulpsychologen konsultieren. Er ist heute im Hause", empfahl ihr der Pauker.

„Ich will keinen Schularzt, ich will Sie", sagte Leonie mit bebender Stimme. In diesem Augenblick schoss dem Studienrat ein nahe liegender Gedanke durch den Kopf.

Er sagte: „Ich kenne dich und deine Klasse. Ihr habt sicherlich Wetten abgeschlossen. Na gut. Ich habe mir dein Angebot angehört, wir haben gelacht und nun konzentriere dich wieder auf deine schulischen Belange. Was habt ihr in der nächsten Stunde?"

„Biologie", antwortete Leonie wehleidig.

„Na, siehst du. Biologie ist eine prächtige Wissenschaft über die Wunder der Natur. Wurdest du mich jetzt in Ruhe lassen".

„Sie verstehen mich nicht oder Sie wollen mich nicht verstehen. Ich habe Sie ins Herz geschlossen. Die Städte, Flüsse und Länder lerne ich nur Ihretwegen, um Ihnen eine Freude zu machen". Leonie begann zu schluchzen.

„Ich kann dir zwar deine fixe Idee nicht verbieten, aber jetzt gehe in deine Klasse und konzentriere dich auf den Unterricht! Unser Gespräch ist damit beendet".

„Ich kann nicht", erwiderte Leonie mit den Tränen in den Augen. „Sie tun mir so leid".

„Aber ich bin ein zufriedener Mensch. Erdkunde ist so zu sagen mein Hobby", antwortete Kunze unmissverständlich. „Übrigens, Heirat ist kein Spaß, man muss sich erst einmal längere Zeit kennenlernen", meinte er belehrend.

„Sehen Sie, wir kennen uns schon zwei Jahre", rief Leonie hoffnungsvoll. „Ich sitze in der ersten Reihe, aber Sie sehen mich gar nicht. Da gibt es nur *Regenwald, Sahelzone, topografische Karten oder die Auswirkung des Raubbaus in der Taiga.* Und wo bleibe ich?", fragte Leonie verbittert.

„Leonie, du bist verrückt!"

„Ja, in Sie", eiferte sich das Mädchen.

„Wenn ich mir so überlege, dass ich auch nur ein Mann bin und du schon fast eine Frau bist, dann muss ich zugeben, dass mir dieser Umstand schmeichelt. So, und jetzt gehe in den Unterricht und glaube nicht, dass ich deine Leistungen in Erdkunde wegen deiner Äußerlichkeiten großzügiger bewerten werde. Außerdem gibt es in der Welt schönere Dinge, als einen Erdkundelehrer. Was zum Teufel brachte dich dazu, mir gegenüber solche Gefühle zu hegen?"

„Sie sind schlau und dabei so ... ratlos", antwortete Leonie kläglich.

„Ich schätze, dass deine Gefühle eher deiner samaritanischen Natur entspringen", stellte der Studienrat fest.

„Ich möchte mich um Sie kümmern. Wenn ich Sie sehe, mit Ihrem unterbügelten Hemd und an Ihrer Jacke hat wochenlang ein Knopf gefehlt".

„Leonie, unser Gespräch ist definitiv beendet!", sagte der Pauker.

Die Schönheit aus der 2 A rührte sich nicht, als ob sie angewurzelt wäre.

„Auf was wartest du noch?", fragte der Lehrer ungeduldig.

„Ob Sie sich das nicht noch mal überlegen können?"

„Nein", sagte er gereizt.

„Ich kann auch gut kochen", piepste es verzweifelt von der Tür her.

„Leonie", die Stimme des Lehrers donnerte in ihre Richtung. Dann sagte er doch etwas nachsichtig und verständnisvoll: „Vor ein paar

Jahren stand hier mein Kollege und guter Freund, als ihn eine deiner Vorgängerin, auch ein gut aussehendes Mädchen überraschte – nicht mit Wissen, sondern mit den gleichen Emotionen wie den deinen, denn sie meinte ebenso, sie müsste sich um ihn kümmern".

„Und was hat Ihr Freund getan?", fragte Leonie.

„Er hat sie geheiratet und jetzt läuft er in einem Hemd mit noch sichtbaren Ketchup Flecken herum und seine Hose ist auch zerknittert und ausgebeult, so wie meine. So und jetzt verschwinde sofort, sonst werfe ich dir das Klassenbuch an den Kopf", rief der Pauker mit furchterregender Stimme.

Ernsthafte Realitäten

DIE PIONIERE DER LÜFTE

Das Höchste, Schönste, Großartigste und
Erhabenste ist und bleibt eine Fahrt
in den Wolken per Ballon,
denn Eisenbahn, Velociped und
Schiffe sind dem gegenüber
armselige und langweilige Empfindungen.

Eines Abends im Winter saß Joseph-Michel Montgolfier vor dem Kamin und schaute in das Feuer. Er beobachtete, wie die Funken und der Rauch den Abzug emporklommen. Seine Fantasie stieg mit dem Rauch. Wenn sich der Rauch zum Himmel erhebt, was wäre, wenn man ihn in einen Sack steckte und beobachtete, wie er aufsteigt und unter Umständen dabei noch etwas oder jemanden trägt?

Monsieur Montgolfier war der Sohn eines prosperierenden Papierfabrikanten. „Voilà!", rief er begeistert und lief hinunter in die Fabrik seines Vaters. Joseph-Michel war damals 45 Jahre alt und glaubte fest an die Wissenschaft seiner Zeit, also des 18. Jahrhunderts. Mit seinem jüngeren Bruder Etienne fing er an zielbewusst an seinen Gedanken zu experimentieren. Sie begannen mit Papiersäcken, dann mit Seidenstoffen, bis sie schließlich eine Leinwand, umhüllt mit Papier, verwendeten. Jedoch, wie ging das alles vonstatten?

Anfang Juni 1783 lagen auf einem Dorfmarktplatz in Annonay bei Lyon auf einem erhöhten Podium 10 Ballen feuchtes Stroh und Wolllumpen. Die brannten und stanken jämmerlich. Die gespannten Seile hielten einen riesigen Ballon aus Leinwand und Papier, der 35 ‚Schuh'(!) lang war.

Dann wurden die Seile durchgetrennt und siehe da, der Ballon schwebte in der Luft von dannen, hin zu der strahlender Sonne. Die Zuschauermenge jubelte der *Machine de l'erostat zu,* die bis zu 1.800 Meter hochflog und ganze 10 Minuten am Himmel blieb. Der Ballon landete unweit eines Dorfes. Die Dorfbewohner stürmten das ‚Teufelsgerät' mit Gabeln und Harken. Der Ballon wurde total zerstört. Ich möchte dazu bemerken, dass die Dorfbewohner nicht weit von der Wirklichkeit entfernt waren, nämlich 160 Jahre später wurde das Dorf aus dem Himmel durch Bomben zerstört.

Beim ersten Ballonflug war auch der Gesandte der neuen Amerikanischen Staaten in Frankreich, Benjamin Franklin als Zuschauer anwesend. Als ein neben ihm stehender skeptischer Mann gefragte, wozu so ein Ballon gut sei, antwortete Franklin mit einem denkwürdigen Satz: „Eh, a quoi bon l'entfant qui vient de maître?" (Zu was ist ein Kind gut, das gerade geboren wurde?) Er notierte sich in seinem Notizbuch: ‚Dieser Ballon eröffnet der Menschheit den Himmel'.

Aber zurück zu Monsieur Mongolfier und seinem Bruder Etienne, die beide scharfsinnige und gleichzeitig ungeduldige Menschen waren. Sie vertraten die Ansicht, dass die Menge des Rauchs entscheidend sei für den Erfolg des Unternehmens, denn warme Luft ist leichter als kalte.

Dann kam der Tag, an dem ein majestätischer Ballon über die Versailler Gärten aufstieg, der in seinem Korb ein Schaf, eine Ente und einen Hahn beherbergte. Damals hatte man befürchtet, dass sich im Himmel giftige Gase befinden, daher wählte man dieses Trio für diesen ersten Flug aus. Die drei Tierchen überlebten den Flug unbeschadet.

Zu dieser Zeit lebte ein begeisterter Anhänger der Brüder Montgolfier, ein junger Physiker, Jean Francois de Rozier. Er wollte die Ballons nicht bauen, er wollte sie fliegen. Während dessen verbot der Vater der Brüder Montgolfier seinen Söhnen im Ballon zu fliegen. Aber der Abenteuer de Rozier konnte seinen und den Traum der Brüder verwirklichen.

Es kam der 21. November 1783. Nachmittags, bei strahlender Sonne im Garten des Boulogne Palastes, erhob sich ein wunderschöner Ballon, so groß wie ein siebenstöckiges Haus, bemalt mit Sternzeichen und dem Monogramm des Königs. Er stieg und stieg weit über die Baumkronen und den Kirchturm. Der Ballon landete auf der anderen Seite der Seine, etwa 5 Meilen vom Start entfernt. Leider ist der Himmelsstürmer de Rozier später beim Überqueren des Kanals la Manche ums Leben gekommen. Sein Fluggefährt hatte sich entzündet und de Rozier stürzte ins Meer.

Die Brüder Montgolfier lebten ein erfolgreiches Leben als Wissenschaftler und starben in Sicherheit in ihrem Bett.

In diesem Zusammenhang sei noch zu erwähnen, dass im August 1783 Jaques Alexandre Cèsar mit einem mit Wasserstoff gefüllten Ballon ganze 45 Minuten eine Entfernung von 24 Kilometer bewältigte.

Mit den Himmelsstürmern im Heißluftballon begann das Zeitalter der Luftfahrt. Heutzutage werden Ballonflüge hauptsächlich für meteorologische Zwecke benutzt und als touristische Attraktion angeboten.

Meine Neugier führte mich zu dem Entschluss, einen Ballonflug auszuprobieren. Ich gebe zu, es war ein erhabenes Gefühl unmittelbar, ohne durch meistens verschmutzte Fenster der Flugzeuge, auf Mutter Erde hinunterzuschauen. Nur das Rauschen des Windes und das leise Zischen der Flamme waren in der majestätischen Stille zu vernehmen.

Lasst uns noch einen Blick in die Gegenwart der Helden der Ballonfahrt werfen. Bis auf einige Fachleute wird kaum jemand den Namen Fjodor Konjuchow kennen. Dabei ist er ein vielseitiger Abenteurer, Reisender, Schriftsteller, Maler und russisch-orthodoxer Priester. Konjuchow bereiste den Nord- und Südpol, bestieg mehrere hohe Berge, unter anderem den Mount Everest und hat die Welt in einem 24 Meter langen Segelboot umsegelt.

Am 21.6.2016 flog der 65 - jährige Konjuchow in einem 52 Meter hohen Heißluftballon ohne Begleitung um die Welt. Er startete nahe Perth in Australien. In 11 Tagen schaffte er 34.820 Kilometer und landete unweit seines Startplatzes. Während des Flugs meisterte dieser Himmelsstürmer große Schwierigkeiten. Zeitweise kämpfte er mit Schnee, Eis und Temperaturen von bis zu – 35 Grad. Die Wahr-scheinlichkeit, eine Umrundung der Erde beim ersten Versuch zu schaffen, lag bei ‚eins zu einer Milliarde'!

Worum geht es in dieser Abhandlung?

Es geht um die Kraft der Phantasie. „Phantasie ist wichtiger als Information", sagte Albert Einstein, und der musste es wissen. Vom Ballon zum bemannten Ballon, bis hin zum Menschen auf dem Mond. Einige von uns bewegen sich auf dem Boden, schauen nach oben, halten die Seile und entzünden das Feuer. Die Anderen sind dafür bestimmt, im Himmel zu fernen Ufern zu fliegen.

Obwohl, für das Fliegen ist es nie zu spät!

VOM URKNALL BIS HEUTE

*Was wir wissen,
ist ein Tropfen,
was wir nicht wissen,
ist ein Ozean.*

Issac Newton

Die wissenschaftliche Erklärung der Entstehung des Universums ist für uns Menschen kaum zu begreifen. Bereits der Beginn von vor ca. 13,8 Milliarden Jahren ist für uns ein unbegreiflicher Zeitraum.

Alles begann mit einem Urknall! Davor gab es kein Universum. Keine Zeit. Keinen Raum. Und keine Materie. Jedenfalls befand sich in dieser unvorstellbar langen Vergangenheit das gesamte Universum in einer Blase, die tausendmal kleiner als ein Stecknadelkopf war, ein unendlich kleiner und heißer Punkt. Plötzlich wurde eine unvorstellbar große Energiemenge freigesetzt. Die komprimierte Energie explodierte innerhalb von Sekundenbruchteilen und dehnte sich mit unendlicher Geschwindigkeit aus. Der Kosmos expandierte immer schneller und weiter. Aus Energie entstand Materie in Raum und Zeit. Aus nichts konnte plötzlich etwas bestehen. Eine dunkle Energie, die nur bedingt nachzuweisen ist, kann die Expansion auch beschleunigt haben. Warum das Universum existiert, weiß man bis zum heutigen Tage noch nicht!

Unser beobachtetes Universum wird jedes Jahr um ein Lichtjahr größer. Es ist jedoch bloß eines von vielen - ein 'Multiuniversum'. Man kann es sich so vorstellen, dass jedes Universum als eine Seifenblase von unendlich vielen in einem unendlich großen Raum existiert. Astronomische Beobachtungen sprechen für einen Doppelgänger des Universums - einen Zwilling. Die Entwicklung dieses Doppelgängers ähnelt der Entwicklung unseres Universums. Wir werden unseren Zwilling jedoch nie sehen, weil er unendlich weit entfernt ist und sich beständig in riesiger Geschwindigkeit weiter entfernt. Die Gesamtheit aller Parawelten wird von der modernen Astrophysik als Multiuniversum bezeichnet. Das ist jedoch ein anderes Thema.

Dass die Erde sich so entwickelt hat und dass auf ihr Leben entstand, ist reiner Zufall. Eine Wolke aus Gas und Staub formte den Grundkörper. Durch Kollisionen mit anderen kleineren Planeten entstand als Produkt dieses Zusammenstoßes der Mond.

Alles Zufall!

Gäbe es den Mond nicht, würde sich die Erde dreimal schneller um ihre Achse drehen (Bremse durch die Anziehungskraft), der Tag wäre also nur 8 Stunden kurz. Dadurch würden orkanähnliche Winde bis zu 500 km pro Stunde über die Erde fegen. Die Sommer wären etwa 60 ° C warm, im Winter klirrende -50 ° C.

Über den Mond griff die Menschheit nach den Sternen.

Universum, Kosmos oder Weltall sind die Gesamtheit vom Raum und Zeit und alle Materie und Energie ist darin enthalten.

Die Entfernung unseres Planeten von der Sonne ist günstig, um hier das Leben bestehen zu lassen. Der Mars ist zu kalt, da er kleiner und weiter von der Sonne entfernt ist als die Erde, wobei wiederum die Venus die Erde in geringerer Entfernung als die Sonne umkreist und für ein Leben zu heiß ist. Übrigens haben die Wissenschaftler erstmals flüssiges Wasser auf dem Mars entdeckt – bedeutet das doch Leben? Jedenfalls spielt die Größe der Himmelskörper und die Entfernung von der Sonne für ein mögliches Leben eine große Rolle.

Durch die erwähnte Expansion in Zeit und Raum entstanden 1 Milliarde Sterne in der Milchstraße. Ansonsten gibt es 100 Milliarden Sterne im Universum und es hat einen Durchmesser von 93 Milliarden Lichtjahren. Wir kennen allerdings die Grenzen des Universums nicht! Was liegt hinter seinen Grenzen - eine Mauer? Kaum, da das Universum immer schneller wächst.

Apropos, die Sonne ist 147 Millionen Kilometer von der Erde entfernt, das bedeutet lediglich 8 Minuten Lichtgeschwindigkeit.

Der Planet Erde entstand wie auch die Sonne vor 4,55 Milliarden Jahren. Er trieb lange Zeit als glühender Feuerball durch das Weltall. Die erste Phase der Erdgeschichte wird Erdurzeit genannt.

Nur 4,9 % des Universums bestehen aus uns vertrauter Materie. 27 % sind Dunkle Materie und 70 % Dunkle Energie.

Die Dunkle Materie und die Dunkle Energie sind für uns bislang unbekannt. Woraus bestehen sie? Vielleicht wirken sie mit bei der Ausdehnung des Universums?

Um sich eine ungefähre Vorstellung von der Zeitdimension von Milliarden Jahren zu machen, folgendes Experiment: Geben sie einem Affen ein Internet-Gerät mit 50 Tasten. Sie erwarten, dass der Affe von sich aus das Word 'Urknall' schreibt. Wie lange wird es dauern, bis er durch Zufall dieses Word tippt? Tausende, Millionen oder noch mehr Jahre?

Unser Planet ist ein winziger Punkt in einem unendlichen Universum, das aus Milliarden Sternen besteht. Unser Sonnensystem befindet sich in der Milchstraße, die auch Galaxis (griechisch: gala = Milch) genannt wird. Ihre Form ist eine flache Scheibe resp. Spirale. Der Durchmesser der Galaxis ist 'nur' 100.000 Lichtjahre. Mit bloßem Auge können etwa 6.000 Sterne am Himmel gesehen werden.

Für die Entwicklung der Erde und des Lebens auf ihr, war das Vorhandensein von Wasser ein wichtiger Faktor. Es regnete un-unterbrochen, Wasser verwandelte sich auf unserem Planeten durch die enorme Hitze auf der Oberfläche in Dampf, der hochstieg und wiederum in einem Kreislauf als Regen zur Erde fiel. Die Atmosphäre wurde ausgewaschen. Dieser Prozess dauerte ununterbrochen 1.000 Jahre.

Vor 3.5 Milliarden Jahren entwickelte sich das erste Leben in Form von Einzellern. Forscher kamen in Nord Kanada auf Spuren von Mikroben, die bereits vor 800 Millionen Jahren entstanden sind. Eine Hypothese besagt, dass sich das Leben in heißen Quellen am Meeresboden entwickelt hat.

Das Kambrium ist eine Periode der Erdgeschichte, die dem Zeitraum von 590 bis 570 Millionen Jahren entspricht. Zu Beginn des Kambriums existierte nur ein großer Kontinent. Es trat eine globale Erwärmung ein. Die ersten biologischen Entwicklungen fanden im Wasser statt, das unabhängiger vom Klima war. Es entstanden Algen und nach ca. weiteren hundert Millionen Jahren eine Art von Lebewesen, die wie Fische aussahen. Eine Tierwelt in Form von mehrzelligen Trilobiten bildete die Vorläufer der Wirbeltiere. Sie waren Meeresbewohner und lebten vor 521 bis 251 Millionen Jahren. Es wurden mehr als 15.000 Arten beschrieben. Trilobiten waren putzige, ca. 7 cm lange Aasfresser. Zeugnisse dieser Lebewesen sind Fossilien, die man fast überall auf unserem Planeten gefunden hat. Bislang wurden etwa 250.000 Arten beschrieben, unter anderem auch Spinnentiere oder Krebsarten. Übrigens: 10 heutige Länder der Welt haben ein Fossil in ihrem Wappen. Über die Ursache des plötzlichen Auftretens so vieler Tierstämme ist allerdings nichts bekannt!

Bäume wurzeln, um sich zu ernähren. Es entwickelten sich Amphibien (griechisch: doppellebig) und die ersten Frösche. Vor vielen Millionen Jahren begannen sie auf dem Land zu leben. Sie atmeten durch eine Lunge, nicht mehr durch Kiemen. Sie waren eine Gattung von Reptilien.

Vor etwa 245 Millionen Jahren bildeten sich Dinosaurier heraus. Sie breiteten sich über den ganzen Urkontinent aus. Es sind uns 200 verschiedene Typen bekannt. Sie wurden bis zu 35 Meter lang und einige wogen ca. 70 Tonnen. Nur die heutigen Blauwale sind noch größer. Sie sind bis 33 Meter lang und 200 Tonnen schwer. Ihr Herz hat die Größe eines Kleinwagens. Ihre Lebenserwartung beträgt bis zu 110 Jahre. Je langsamer beispielsweise der Stoffwechsel ist, umso länger ist die Lebenserwartung. Leider droht ihr Aussterben durch den vom Menschen verursachten Lärm, der Meeresverschmutzung und des Klimawandels.

Aber zurück zur Chronologie unserer Erde.

Vor 65 Millionen Jahren ereignete sich eine Katastrophe, die anscheinend auch für das Aussterben der Dinosaurier verantwortlich war.

Was geschah? Schlug ein riesiger Meteorit ein und entstand dabei unser Mond? Brach ein gewaltiger Vulkan aus, wahrscheinlich in Sibirien, oder verschoben sich die Kontinentalplatten? Wir wissen es nicht. Es wurde dunkel. Staub, Schwefel, Wasserdampf und Ruß bedeckten den Himmel über einen Zeitraum von tausend Jahren. Der Superkontinent zerbrach. 96 % aller Meeresbewohner und 75 % der Landlebewesen starben aus. Die Temperatur sank, die Nahrungskette wurde unterbrochen. Diese Periode der Erdgeschichte erstreckte sich über einen Zeitraum von 265 bis 260 Millionen Jahren. Der Planet Erde erholte sich wieder. Nach dem Schwinden dieser dunklen Zeit entstand wiederum Licht als wichtiger Faktor der Fotosynthese, also die Entstehung von Sauerstoff. Wäre die Erde etwa 5 % näher an der Sonne, so würde alles Wasser verdampfen und kein Leben wäre möglich.

Irgendwann vor rund 6 Millionen Jahren begann der Werdegang des Menschen. Unsere Vorfahren lebten ununterbrochen in Äthiopien (Sahelantropus).

Der erste Urmensch lebte vor etwa 2 Millionen Jahren.

Vor 3.18 Millionen Jahren schritt ‚Lucy' auch durch das heutige Äthiopien. Sie war einer der berühmten Vormenschen. Offensichtlich stürzte sie von einem Baum und brach sich die Knochen. Lucy, ca. 1 Meter groß, gehörte zur Gattung des Australopithecus, dessen Nachfahre der Homo erectus ist. Menschenaffen und Menschen haben zwar dieselben Vorfahren, die Entwicklung jedoch gestaltete sich separat. Wir stammen also nicht vom Affen ab! Hier irrte Charles Darwin.

Die bekannteste aufrecht gehende Spezies, der Australopithecus, lebte vor ca. 2 Millionen Jahren auf dem afrikanischen Kontinent, also früher als der Mensch und verfügte bereits über ein kleines Gehirn. Seine Spuren finden wir in der ertragreichen Gegend des heutigen Syrien, Iran und der Türkei, dem sogenannten fruchtbaren Halbmond. Der Urmensch bevölkerte auch den europäischen Kontinent. Vor 20 Millionen Jahren war die Erde der Planet der Affen. Vor 130.000 bis 40.000 Tausend Jahren lebte hier der Neandertaler, ein entwickelter Homo erectus. 60 Tausend Jahre existierten der Homo sapiens und der Neandertaler nebeneinander. Es gab eine Verschmelzung dieser ersten Urmenschen. Ja, sie hatten Sex. Wieso wissen wir das? Bis zu 4 % des menschlichen Erbguts stammt vom Neandertaler. Er verfügte über eine Reihe von Werkzeugen, die hauptsächlich aus Knochen hergestellt waren. Das Erste und wichtigste Werkzeug war sicherlich ein Stock. Man konnte damit Insekten und Termiten erschlagen und er half beim aufrechten Gang. Vor 30.000 Jahren starben die Neandertaler aus, ohne dass wir genau den Grund dafür wissen. Einige Hypothesen für ihren Untergang sind:

- Sie lebten in kleinen Gruppen in denen es schwieriger war, einen Partner für die Fortpflanzung zu finden. Dadurch hatten sie weniger Kinder als der Homo sapiens,

- Ihr Speiseplan beinhaltete im Wesentlichen nur Fleisch, vegetarische Kost begeisterte sie nicht,

- Sie konnten sich nicht so gut Klimaveränderungen anpassen,

- Sie hatten eine niedrige Lebenserwartung und hohe Kindersterblichkeit. Es ist erwiesen, dass wir unsere helle Hautfarbe den Neandertalern zu verdanken haben.

Die größte Errungenschaft der Steinzeit war das Feuer. Seit Anbeginn der Erde hat es Feuer gegeben. Es spendete den Menschen Wärme. Erst durch das Feuer wurde manche Nahrung genießbar und der Rauch hielt gefährliche Insekten fern.

Bereits vor ca. 2.6 Millionen Jahren haben die Urmenschen in Äthiopien Steingeräte hergestellt.

Die ersten Waffen sind 300.000 Jahre alte Holzspeere und die ersten Höhlenmalereien sind ca. 40.000 Jahre alt. Die Erfindung der Nähnadel übrigens datiert man auf eine Zeit von vor 25.000 Jahren.

Meines Erachtens war die Entwicklung der Sprache, also der Kommunikation, ein Meilenstein in der Evolution der Menschheit.

Auch für die Entstehung von Religion ist die Sprachfähigkeit Voraussetzung. Die Geschichte des ersten monotheistischen Glaubens ist die Geschichte der Juden, die ca. 1750 vor unserer Zeitrechnung mit Abraham begann.

DIE SÖHNE ABRAHAMS

Es war ein sonniger Nachmittag. Gut gelaunt hänge ich gewaschene Wäsche auf dem Balkon auf. Nichts ahnend höre ich plötzlich das Klirren von Steinchen auf der Verglasung des Balkons. Samt der restlichen Wäsche flüchte ich ins Wohnzimmer. Vorsichtig schaue ich hinaus und erblicke gerade noch schwarze Filzhüte mit sich hervor tuenden Schläferlocken, wie sie um die Ecke verschwinden. Es ist Samstagnachmittag in einer Jerusalemer Siedlung, wo ich bei meiner Tante weile. Ich hatte vergessen, dass man am Sabbat nach dem Gebrauch ultraorthodoxer Juden keine Arbeit verrichten darf. Unter den 613 Weisungen für Rituale, Feste, Speisen und Kleidungsvorschriften befindet sich eben auch dieses Gebot.

Mein Tantchen gab mir diesbezüglich viele brauchbare Ratschläge, unter anderem auch bezüglich des Rauchens am Sabbat. Sie erklärte mir, einem damals passionierten Raucher, dass wenn ich genüsslich rauchen und mich dabei ein Steinhagel erwischen würde, da ich mich in einem orthodoxen Viertel befand, ich schreien sollte „Lo jehudi", „Ich bin kein Jude".

Man kann natürlich die Glaubensfrage ad absurdum führen. Wie soll sich ein israelischer Astronaut am Freitag nach Sonnenuntergang verhalten? Diese delikate Frage wird durch das Oberrabbinat geprüft.

Mitten in einer modernen Gesellschaft lebt also eine Parallelgesellschaft der ultraorthodoxen Juden. Die Männer widmen sich den ganzen Tag dem Studium des Talmuds. Talmud ist eines der bedeutendsten Schriftwerke des Judentums. ‚Interessant' ist natürlich auch zum Beispiel die Frage: Ist eine Hühnersuppe noch koscher, wenn ein Tropfen Milch in sie reinfällt?

Die Frauen sind voll berufstätig. Der Segen von 7 Kindern ist in den Familien keine Seltenheit.

Von den 1.5 Millionen der ultraorthodoxen Juden leben in Israel ca. 700 Tausend. Sie werden geduldet, ja sogar unterstützt, da sie die älteste,

4000 Jahre alte, monotheistische Religion in ihrer ursprünglichen Form bis heute weiter leben. An der chinesisch-tibetischer Grenze leben Stämme, die schon immer monotheistisch waren und sich seit Urzeiten als ‚Söhne Abrahams' bezeichnen.

Jerusalem (uru-salem = Stadt des Friedens) ist die Heilige Stadt aller gläubigen und ungläubigen Juden.

„Jerusalem, du gold'ne ..." wurde zum absoluten Bestseller Schlager auf dem israelischen Plattenmarkt. Das zarte, empfindsame, melodische Lied verdient das Attribut eines unübertroffenen Hits.

Seit dem 18. Jahrhundert vor Christi ist die Existenz von Jerusalem belegt.

Die Stadt erlitt 34 Kriege, wurde mehr als Dutzend Mal zerstört und wieder aufgebaut.

Seit fast 2000 Jahren pilgern die Juden zu der einzig erhaltenen Westmauer, die vom Tempel übrig geblieben ist und beten, die Hände exaltiert gen Himmel gestreckt. Der deutsche Begriff Klagemauer beruht auf einem Irrtum! Nicht die Klage um den Verlust des Tempels steht im Mittelpunkt, vielmehr soll die, auf dem Berg sich befindende Westmauer die Gottesnähe sichtbar machen. Diese Tatsache ist für das Judentum entscheidend. Erst mit der Ankunft des Messias, so glauben die orthodoxen Juden, werde der Tempel wieder aufgebaut.

Im Jahre 1000 vor Christus herrschte König David in Jerusalem. Sein Sohn Salomo baute den ersten jüdischen Tempel. Erst viel später, anno 691, wurde der islamische Felsendom und 705 - 715 die Al-Aqsa-Moschee gebaut. Das Judentum ist also die Mutterreligion des Christentum und des Islams. Vom historischen Gesichtspunkt her sind demnach die Ansprüche der Israeli auf Jerusalem sicherlich berechtigt.

Juden bilden die Mehrheit der Bevölkerung in der Stadt. Von der Gesamtzahl von 700 000 stellen die Araber lediglich 1/3.

Jerusalem, das angeblich die dritte wichtigste Stätte des Islams nach Mekka und Medina ist, wird im Koran überhaupt nicht genannt. Dagegen wurde in der Thora genau an 669 Stellen Jerusalem erwähnt.

Eine 1947 von der UNO vorgeschlagene Internationalisierung der Stadt wurde allerdings, weder von Israelis, noch den Palästinensern anerkannt. Mehr als 40 Pläne für die Heilige Stadt sind gescheitert.

Bis 1967 haben arabische Staaten an Jerusalem kein Interesse bekundet. Allerdings wurde den Juden der Zugang zur Westmauer bis 1967 strikt untersagt. Bereits 1950 erklärte Israel Jerusalem zur Hauptstadt des Landes. Seit dem Sechs-Tage-Krieg 1967 steht auch die Altstadt unter israelische Verwaltung. Sie ist in jüdische, christliche, armenische und muslimische Viertel geteilt.

Ich empfinde es als enorm wichtig, dass man Israel einen freien Zugang zu allen religiösen Stätten aller Glaubensrichtungen garantiert.

Diese geschichtsträchtige Stadt ist der Sitz des israelischen Staatspräsidenten, der Knesset (Parlament) und des obersten Gerichtshofes. Der amerikanische Präsident Donald Trump ankündigte Jerusalem als Hauptstadt Israels. Er hatte die politische Lüge beendet, denn längst ist Jerusalem Hauptstadt Israels.

Jedes Jahr treffen sich in Kopenhagen Moslems, um sich für die ‚Befreiung' von Palästina zu manifestieren. Scheich Raed Salah nach dem Gebet in einer Kopenhagener Moschee: „Jerusalem ruft euch. Ihr sollt die Stadt vor der Judaisierung retten." Dann flog der Scheich zurück nach ‚Palästina' in sein Haus in Umm-al-Fachen, mitten in Israel!

Es ist ein unglaublich kleines Land. Unwirklich klein. Es ist schwer zu glauben, dass dieser Staat an seiner schmalsten Stelle in weniger als einer halben Minute durch ein modernes Flugzeug überflogen werden kann. 18 x würde Israel in Deutschland hineinpassen. Dieses kleine Fleckchen Erde wird seit seiner Gründung im Jahr 1948 durch feindliche arabische Nationen, Libanon, Syrien und Jordanien, umzingelt. Im Sechs-Tage-Krieg 1967 habe ich selbst Verlautbarungen des arabischen Rundfunks in hebräischer Sprache gehört: „Wir werden euch wie Ratten im Meer ertränken!", oder: „Wir werden mit euren Köpfen den Weg nach Tel Aviv pflastern. Tel Aviv ist gefallen." Und wohin sollte man auch flüchten, ins Meer?

Ich spreche natürlich über dieses grüne Fleckchen Erde, das demonstrativ vor Augen führt, wie der Mensch mit der Wüste auch anders umgehen kann. Die Politik der Araber gegenüber den Juden wird vor allem durch den uralten rassistischen, religiösen, nationalen, fanatischen und blinden Hass bestimmt. Ein Jude durfte zum Beispiel in den arabischen Ländern nicht zu Pferde reiten, damit er nicht auf einen Araber von oben herabblicken könne. Neid spielt hier sicherlich auch eine große Rolle.

Um die Gegenwart in dieser Region zu verstehen, ist es wichtig, einen kurzen Exkurs in die Vergangenheit zu wagen. Das Land Israel existiert mit Unterbrechungen seit über 3 500 Jahren. Der Urvater Abraham sollte seinen Sohn Isaak auf dem Berg Morija opfern, wo später die Stadt Jerusalem entstand. Eine grausame Geschichte. Gott sei Dank passierte es nicht. Abraham hat letztlich einen Widder geopfert. Mit Abraham beginnt der Stammbaum der Juden.

Von Anfang an standen sich Judentum und Islam nahe. Sie haben ähnliche Vorstellung von Glauben und Religion. Auch die Rieten ähneln: Beschneidung, tägliche Gebete oder Reinheitsgebote beim Essen.

Nach der Gründung des Islams im frühen 7. Jahrhundert n. Chr. standen sich Juden und Moslems nicht feindlich gegenüber. Mohammed war mit jüdischen Händlern befreundet. Juden galten als ‚Besitzer der Schriften' oder ‚Schutzbefohlene' (=dhimmi auf Arabisch). Im Koran heißt es: „Wer einen dhimmi verletzt, hat mich verletzt, bezeichnet. Im 8. Jahrhundert erlebten Menschen eine islamische Expansion, insbesondere in Andalusien (Al Andalus). Die Juden haben die Muslime als Befreier gefeiert. Ab dem 15. Jahrhundert flüchteten die Juden in das neugegründete Osmanische Reich.

2000 Jahre lang lebten Juden verstreut, nirgendwo wurden sie als gleichberechtigte Bürger anerkannt. Die schlimmste Verfolgung erfuhren sie in Mittelalter, in der Blütezeit des Christentums. Das Feindbild ‚Jude' manifestierte sich in Pogromen und in der Isolierung in Gettos. Der Höhepunkt der Verfolgung äußerte sich im Völkermord des 2. Weltkriegs, als Juden zu hunderttausenden von den Nazis ermordet wurden. Für die

Juden entstand eine starke Sehnsucht nach einem gesamten jüdischen Staat.

Im 19. Jahrhundert verbreitete sich der Glaube, dass der Messias die Juden in das gelobte Land führen würde. Es entstand die zionistische Bewegung, deren bekanntester Vertreter, Theodor Herzl sagte: „Wenn es den Juden unmöglich gemacht wird, sich innerhalb anderer Nationen zu verwirklichen, so müssen sie die Errichtung eines eigenen Nationalstaats anstreben, um Gleiche unter Gleichen zu sein".

Er hielt es für möglich, dass Juden und Araber friedlich miteinander in Palästina leben könnten. Zionismus war eine nationalistisch-ideologische Bewegung des jüdischen Bürgertums.

1899 bietet England den Juden eine jüdische Siedlung in Uganda. Wie absurd! Im ersten Weltkrieg haben etliche deutsche Juden es als patriotische Pflicht angesehen, für ihr Vaterland, also Deutschland, in den Krieg zu ziehen. Die Überlebenden wurden mit hohen Tapferkeitsmedaillen ausgezeichnet. Dieselben Helden wurden später durch Ironie des Schicksals von den Nazis verfolgt.

Erst die Balfour Deklaration von 1917 befürwortete die Gründung einer nationalen Heimstätte für das jüdische Volk im Gebiet von Palästina. Balfour war damals britischer Außenminister.

Rund 6 Millionen Juden wurden im Zweiten Weltkrieg umgebracht. Man sollte denken, dass der Glaube an Gott, der eine solche Katastrophe für sein auserwähltes Volk zugelassen hatte, verloren ging. Jedoch das Gegenteil geschah. Nach dieser Tragödie schien der Traum von einem Gelobten Land realistischer als je zuvor. Das Unterfangen, die Gründung eines Jüdischen Staates, war jedoch mit eklatanten Schwierigkeiten verbunden. Die englische Verwaltung (Mandat) in Palästina befürchtete letztlich, dass zu viele Juden nach Palästina einwandern und dadurch sich die Auseinandersetzungen zwischen Juden und Arabern zuspitzen würden. Schiffe, die voll mit Juden besetzt waren, wurden auf der Mittelmeerinsel Zypern mit Absicht festgehalten und die Insassen in zwei Lagern interniert, um die Anreise nach Palästina zu verhindern (siehe auch Exodus).

Die britischen Herren unterstützten die arabische Einwanderung und bremsten die jüdische. Das war nicht gerade ein Ruhmesblatt der britischen Geschichte. Die Anwesenheit von 700 000 Juden in Palästina schuf letztendlich doch mit einem Schlag eine neue Realität, eine neue historische Situation in diesem Land.

1947 begannen in Palästina ernsthafte, kriegerische Auseinandersetzungen zwischen Juden und Arabern. Die feindlichen arabischen Armeen Syriens, Libanons, Jordaniens, Iraks und Ägyptens zeigten allerdings politische Zerrissenheit, während Juden einen starken Überlebenswillen und den Mut der Verzweiflung aufwiesen.

Im Mai 1948 wurde Israel gegründet. Arabische Länder forderten die palästinensischen Araber auf, das Land zu verlassen. Es waren nicht die Israeli! Diejenigen Araber, die sich tolerant dem neu gegründeten Staat gegenüber verhielten, wurden akzeptiert. Anfang 1948 verließen ca. 500 1000 Araber Palästina. Dieselbe Anzahl der Juden musste aus umliegenden arabischen Ländern in das neu gegründete Israel fliehen,

um so dem Hass gegen sie zu entgehen. Über diese historischen Tatsachen wird heute allgemein geschwiegen. Die palästinensischen Araber, die sich tolerant gegenüber den neu gegründeten Staat Israel verhielten, leben in diesem Land in Wohlstand und in tiefstem Frieden. Ihre Interessen werden sogar durch eigene Abgeordnete im Parlament (Knesset) vertreten. Hebräisch ist die Amtssprache, wobei arabisch und englisch in den Amtstuben auch gesprochen wird.

Die palästinensischen Flüchtlinge flohen nur ein paar Kilometer hinter die Waffenstillstandslinie. Man hätte sie leicht mit Sprache, Kultur und ethnischen Wurzeln in das arabische Umfeld einbetten können. Zu diesem Thema sagte der PLO Sprecher Mahmud Abbas Folgendes: „Die arabischen Armeen marschierten in Palästina ein, um angeblich Palästinenser vor der Tyrannei zu beschützen, doch dann ließen sie diese im Stich, zwangen sie ihre Heimat zu verlassen und steckten sie in Gefangenenlager, die den Gettos gleichen, in denen einst die Juden lebten."

40 Millionen Araber könnten ohne Probleme eine halbe Million unglücklicher, ihrer Heimat beraubter Brüder in ihren arabischen Lebensraum aufnehmen. Stattdessen werden die Palästinenser noch heute, nach fast 70 Jahren, zwangsweise in Flüchtlingslagern gehalten. Sie haben keine Rechte, oft besitzen sie keine Staatsbürgerschaft (Syrien). In 69 Berufen dürfen sie nicht arbeiten. Wer von ihnen durch das libanesische Gebiet reisen will, braucht eine Sondergenehmigung.

Dass Integration von Flüchtlingen funktionieren kann, zeigen folgende Beispiele: Nach dem 2. Weltkrieg wurden in der Tschechoslowakei Sudetendeutsche mit 40 kg Gepäck von den Tschechen vertrieben. Es handelte sich um annähernd 3 Millionen meisten einfache, friedliebende Menschen. Der am Boden liegende deutsche Staat hat sich seiner Landsleute angenommen. Sie bekamen Wiedergutmachung für ihr verlorenes Eigentum und vor allem, wurden sie unter ihresgleichen integriert. Es fiel niemandem ein, ein selbstständiges Sudetenland zu verlangen.

Weniger ruhmreich verhielten sich die Vereinigten Staaten. Sie haben den Indianern das eigene Territorium mit Gewalt genommen, obwohl Indianer unbestreitbare historische Rechte an dem größten Teil des nordamerikanischen Kontinents hatten. Als weitere Beispiele einer gelungenen Integration, könnte man die Aufnahme von Bulgaren in die Türkei oder die Eingliederung von 17 % Finnen aus der damaligen Sowjetunion anführen. Die angesprochenen Beispiele und viele andere, bestätigen historische Tatsachen, die natürlich in den meisten Fällen nicht gerecht sind, jedoch allgemein akzeptiert werden.

Der ehemalige ägyptische Präsident Hosni Mubarak sagte zu diesem Thema: „Die palästinensische Forderung des Rechts auf Rückkehr ist in höchstem Maße unrealistisch. Das Flüchtlingsproblem hätte mittels finanziellen Ausgleichs und der Umsiedlung der Flüchtlinge in arabische Länder gelöst werden müssen".

1949 bot Israel übrigens die Zusammenführung von Familien an, die im Krieg getrennt worden waren. Nach fast 70 Jahren haben fast keine

Palästinenser dort gelebt, wo ihre Heimat sein soll. Deshalb müsste die UNO ihnen den Flüchtlingsstatus aberkennen.

Noch heute gibt es an Israel grenzende Gebiete Flüchtlingslager. Es ist nicht verwunderlich, dass von 600 000 palästinensischen Flüchtlingen, heute mehr als 6 Millionen Nachfahren ein Flüchtlingsrecht bekommen. Es gehört eine gewisse Frivolität dazu, nach so langer Zeit noch immer von Flüchtlingen in diesem Gebiet zu sprechen. Würde man weltweit allen Flüchtlingen gleiches Recht einräumen, so hätten die Umzugsfirmen bis zum Jüngsten Tag Hochkonjunktur.

Mit der Gründung des Staates Israel hörten die kriegerischen Auseinandersetzungen in der Region nicht auf. Es folgte der Sinai Feldzug im Jahre 1956, der Sechs-Tage-Krieg in 1967 und in 1973 der Jom-Kipur-Krieg.

Während der ganzen Geschichte des Staates Israel, der von feindlichen arabischen Ländern umzingelt ist, hegt dieses kleine Land den Wunsch in sicheren Grenzen zu leben. Bislang besitzt Israel keine endgültig definierten Grenzen. Es ist zur Besatzungsmacht verdammt. Neben der Altstadt Jerusalems wurde 1967 auch die Westbank von der Besetzung Jordaniens befreit.

Der Begriff ‚palästinensisches Volk' wurde erst durch Jasser Arafat 1969 geprägt. 1988 wurde von der PLO (Palästinensische Befreiungsorganisation) der Staat Palästina ausgerufen. 136 Länder erkannten Palästina als Staat an.

Stein des Anstoßes für die Friedensverhandlungen zwischen Israel und Palästinensern ist die Siedlungspolitik Israels in der Westbank und in Jerusalem, über die sich die Weltöffentlichkeit empört. Sie soll angeblich illegal sein und die Gründung des Palästinenser Staates verhindern.

Diese Behauptung ist falsch!

Laut der vierten Genfer Konferenz ist die gewaltsame Transferierung einer Zivilbevölkerung in andere Staaten verboten. Eine solche fand aber in der Westbank nie statt! Jordanien, von dem Israel diese Gebiete im Sechs-Tage-Krieg übernahm, konnte dort nie eine Souveränität geltend machen, weil Jordaniens Besetzung dieser Region ungesetzlich war und von keinem Staat außer England und Pakistan anerkannt wurde. Es handelt sich nicht um illegal besetzte, sondern um umstrittene Gebiete, auf welche zwei Völker Anspruch erheben und deren Zukunft im Rahmen eines Friedensvertrages festgelegt werden muss. Zum Zeitpunkt des Siedlungsbaus hatten die Grundstücke niemandem gehört. Mittlerweile existieren 124 Siedlungen mit ungefähr 400 000 Menschen. Israel hat bewiesen, dass weit über 1 Million Araber in Israel friedlich leben können. Warum nicht Juden im zukünftigen Palästina? Die Siedlungsfragen sollen erst in der letzten Phase der Friedensverhandlungen diskutiert werden. Israel jedenfalls erkennt die Rechte der palästinensischen Araber im Westjordanland auf einen eigenen Staat an und verbietet Angriffe auf die Bevölkerung.

In Palästina und im Gaza Streifen entstanden zwei rivalisierende Parteien: Fatah, die gemäßigte Partei, die mehrheitlich in Palästina herrscht, und Hamas, eine extreme Partei, die das Existenzrecht Israels infrage stellt. Sie ist ein Ableger der ägyptischen Muslimbruderschaft seit den 80-er Jahren. Die EU und die USA stufen die Hamas als terroristisch ein. Im jordanischen Fernsehen werden Programme ausgestrahlt, in denen Juden als abscheuliches Volk dargestellt werden, das für seine Lügen und für Betrug bekannt ist. Hamas geben in Videos Anleitungen für Attentate auf Juden, Terroristen bekommen Gehälter.

Um den Friedensprozess zu fördern, zog sich Israel 2005 aus 25(!) blühenden Siedlungen im Gazastreifen zurück, wobei 1000 Israelis ihr Heim verloren. Statt dort palästinensische Flüchtlinge anzusiedeln, wurden Terrorbasen gegründet, von wo aus die Zivilbevölkerung im Süden Israels bombardiert wird. Neulich haben Hamas Mitglieder unter die Grenzwälle Korridore gebuddelt, um nach Israel einzudringen und Attentate zu verüben. In ihrem terroristischen Treiben werden sie finanziell und militärisch von arabischen Ländern, insbesondere vom Iran und vom Katar unterstützt. Zehn Jahre Hamas-Herrschaft im Gazastreifen brachte der dortigen Bevölkerung nur Leid: Es fehlen Jobs, Trinkwasser, Strom etc. Die Situation wird sich dort in absehbarer Zeit nicht ändern. Israel kann keine Friedensgespräche mit der Hamas führen, wenn diese Israel nicht anerkennt. Die Juden haben niemals im Laufe der Geschichte die Araber unterdrückt. Sie sind eine Handvoll und sie bleiben eine Handvoll, viel zu schwach und machtlos, um tatsächlich die Interessen der großen arabischen Völker gefährden zu können.

Im Juli 2017 besuchte der UNO-Generalsekretär Antonio Guterres den Gaza-Streifen. Verständlicherweise war er über die katastrophalen Verhältnisse, in welchen Menschen dort leben, schockiert. Seine Schlussfolgerung: eine ‚Zwei Staaten Lösung' ist allerdings in Anbetracht der Situation in diesem Land unhaltbar! „Herr Guterres, warum verurteilen Sie nicht die eindeutig terroristische Herrschaft der Hamas? Warum solche unrealistischen Floskeln?"

Anders und positiv entwickelt sich die Situation in Palästina. Fatah Präsident Mahmud Abbas sowie auch der Israelische Präsident Netanjahu versuchen miteinander in Kontakt zu bleiben und ich glaube, dass zwischen ihnen in absehbarer Zukunft zu Einigung kommen wird. Als Lösung kann ein Austausch von Gebieten dienen und ein friedliches Zusammenleben zwischen Juden und Palästinensern in einem Palästinenser-Staat, so wie es seit Jahrzehnten in Israel der Fall ist. In diesem Zusammenhang kommt mir eine Episode in den Sinn, die ich selbst erlebt habe. Während des Sechs-Tage-Kriegs versicherten uns jordanische Gefangene, dass sie gegen Israeliten keinen Groll hegten, im Gegensatz, sie bewunderten diese Nation, weil sie aus einer Wüstenregion einen fruchtbaren, wohlhabenden Staat geschaffen haben.

Die Eingliederung der Flüchtlinge oder Einwanderer in Israel ist immens wichtig und sollte auch uns als Beispiel dienen. Bereits 1950 evakuierte die israelische Luftwaffe 43.000 Juden aus dem Jemen in der Operation ‚Fliegender Teppich'. Während dieser spektakulären Aktion kam es zu köstlichen Ereignissen. Einige dieser jemenitischen Juden lebten isoliert in der Wüste. Alttestamentarische Geschichten wurden ziemlich getreu durch die Ältesten von Generation zu Generation weiter erzählt. Sprachwissenschaftler der Ben-Gurion-Universität in Jerusalem erfuhren so die Aussprache einiger Vokale, die seit den biblischen Zeiten unbekannt waren. Aus Unkenntnis der Dinge, bekamen einzelne dieser Stämme Angst von den monströsen Flugmaschinen und weigerten sich einzusteigen. Die Besatzung der Transport-Hubschrauber rief durch Lautsprecher: „Jehova (=hebräisch Gott) spricht zu euch. Ich habe einen Boten geschickt, der wird euch in das Gelobte Land führen". Aus Freude darüber zündeten sie im Hubschrauber ein Feuer an. Da donnerte wieder die mächtige Stimme aus dem Cockpit: „Ich verbiete euch Feuer zu machen". Die vorgesehenen Unterkünfte in der Wüste Negev in Beerscheba schienen für sie auch klimatisch geeignet zu sein. Es gab einige Schwierigkeiten, weil sie es gewohnt waren, in Zelten zu leben. Freude bereiteten ihnen Türen, die sie vehement zugeknallten. Schnell löste man das Problem mit Perlenvorhängen. Bemerkenswert erscheint der Umstand, dass die Nachfahren dieser Nomaden sehr fleißig und talentiert sind. Es ist keine Seltenheit sie an den Hochschulen anzutreffen.

Das kleine Land ist erstaunlicherweise in der Lage, eine Menge Flüchtlinge und Einwanderer zu integrieren. Nach dem Zerfall der Sowjetunion wurde 1 Million russischer Juden aufgenommen. 115 000 irakische Juden und weitere 500 - 600 Tausend arabische Juden (=mizrachim) erreichten ihr „Gelobtes Land". Die deutsche Öffentlichkeit hat kaum zur Kenntnis genommen, dass Israel tausende afrikanische Flüchtlinge aufgenommen hat, die über die Sinai Halbinsel ins Land kamen.

Letztendlich möchte ich einige Anmerkungen zur aktuellen Flüchtlings-Problematik machen, in der Israel über jahrzehntelange Erfahrung verfügt. Potenzielle Flüchtlinge, respektive Einwanderer, bekommen eine provisorische Unterkunft. Innerhalb kurzer Zeit von nur wenigen Wochen wird ihr Status festgestellt. Sie sind verpflichtet die Sprache, ein umgangssprachliches Hebräisch, genannt ivrit, zu erlernen. Dafür stehen ihnen Sprachschulen (=ulpans) in ihrer Wohnnähe zu Verfügung. Besuch eines ulpans legt den Neuankömmlingen einen zentralen Grundstein zur Integration in die israelische Gesellschaft. Neben der Sprachlehre von 4 Stunden täglich arbeiten sie weitere 4 Stunden meistens für gemeinnützige Tätigkeiten. Dieser Prozess dauert 6 Monate. Modalitäten der Einführung der Neuankömmlinge sind möglich. Danach werden sie reibungslos in die Gesellschaft eingegliedert. Etliche Immigranten, die mit harter Arbeit bei schwierigen klimatischen Bedingungen konfrontiert werden, verlassen allerdings Israel und gehen meistens nach Europa, wo sie sich ein leichteres Leben versprechen.

Für die Aufnahme der Neuankömmlinge eignen sich besonders Kibbuzim (Einzahl: Kibbuz). Es handelt sich dabei um Kooperativen, die im weitesten Sinne auf Privateigentum verzichten. Jeder gibt, was er kann und bekommt, was er braucht. Unterkunft in Kibbuz eigenen Gästehäusern, Speisen in der Kantine, Arbeiten zum Beispiel beim Pflücken von Orangen und Erlernen von iwrit. Das scheinen brauchbare Optionen für Immigranten zu sein, die ich selbst schätzen gelernt habe.

Die Israelis haben eine fruchtbare, produktive und wohlhabende Nation aus einer Wüstenregion geschaffen, auch durch Umwandlung von Meerwasser in Nutzwasser. Israel entstand ursprünglich als Lösungsmöglichkeit der uralten, schmerzlichen und beschämenden jüdischen Frage. Es ist die Frucht des unlösbaren Antisemitismus.

Und schlussendlich ist Israel das einzige Land in Nahost, das demokratisch durch ein frei gewähltes Parlament regiert wird. Ich glaube, das ist ein Argument, dieses kleine Land zu mögen und zu unterstützen.

Der Antisemitismus ist das Merkzeichen
einer zurückgebliebenen Kultur.

Friedrich Engels

KANN MAN EINE VOLLKOMMENE GESELLSCHAFT SCHAFFEN?

Müssen Arme arm bleiben und Politiker korrupt sein?

Kann man diesen unerfreulichen Zustand verbessern?

Und wie?

*Menschen zum Mond und wieder zurückbringen,
war eigentlich eine einfache Übung,
verglichen mit einigen anderen Zielen,
die wir uns gesetzt haben –
zum Beispiel eine humane Gesellschaft oder eine friedliche Welt.*

Herbert Simon

Bereits der altgriechische Philosoph Platon diskutierte vor 2400 Jahren in seinem Werk Politeia (deutsch: Staat) über die Gerechtigkeit in einem idealen, hypothetischen Staat. Dessen Bevölkerung ist in drei Teile gegliedert: Den Stand der Bauern und Handwerker, den Stand der Krieger oder Wächter und den der Philosophen oder Herrschern. Der Philosoph ist wörtlich der ‚Weisheitsliebende'. Dabei fragt man sich, ob der Philosoph neben der theoretischen Befähigung auch über politische Kompetenz verfügt. Die Abschaffung des Privateigentums bei Herrschern und Wächtern sollte mögliche Korruption und Bereicherung verhindern. Diese These war für damalige Zeit und auch noch in der Gegenwart revolutionär.

Dieser ideale Staat praktiziert vier Tugenden: Weisheit, Besonnenheit und Gerechtigkeit (zeichnet die Herrscher aus), Tapferkeit (das besondere Merkmal der Wächter). Die klassische Familie wird aufgehoben, die Kinder werden durch Wächter erzogen. Kinder lernen nur nützliche Fächer, keine unwichtigen Dinge. Fortschrittliche Ideen der Politeia findet man in der Ausbildung, die für Männer und Frauen gleich ist, wobei Frauen auch Zugang zu Ämtern haben. Die Abschaffung des Privateigentums bei den Herrschern und Wächtern wird oft mit der Ökonomie des modernen Kommunismus verglichen.

Man fragt sich: War Platon der erste Kommunist? Anderseits war Platon kein Vertreter der Demokratie, sondern unterstützte den Totalitarismus, wofür er kritisiert wurde. Zur Verteidigung von Platons Modell sei gesagt, dass er es 2000 Jahre vor irgendwelchen Diktaturen erfunden hatte.

Gesellschaft ist im Wesentlichen die Bezeichnung
für eine Gruppe von Individuen,
die durch Interaktion verbunden sind.

Georg Simmer

Einen überaus fortschrittlichen Gedanken über das Zusammenleben der Menschen äußerte im 1. Jahrhundert unserer Zeitrechnung Seneca: „Merken Sie sich gefälligst, dass der, den Sie Sklaven nennen, entstammt der gleichen Rasse, über ihm lacht der selbe Himmel, er atmet, lebt und stirbt genauso wie Sie". Dabei ist zu bemerken, dass die Sklaverei in Amerika erst 1865 offiziell abgeschafft wurde.

Eine besondere Vorstellung einer idealen Gesellschaft stammt von Thomas Morus aus dem Jahr 1516 und nennt sich Utopia. Thomas Morus war ein ungewöhnlich gebildeter Mann. Er war Jurist, Diplomat und Lordkanzler. Morus, ein sehr gläubiger Katholik, wurde von Heinrich VIII zum Tode verurteilt. Er behielt seinen Humor bis zum Ende, indem er seinem Henker vor der Enthauptung bat auf seinen Bart zu achten, da dieser ja schließlich keinen Hochverrat begangen habe.

Morus setzte sich für ein humanes Miteinander der Menschen ein. Er bezog sich stark auf Platons Politeia. In seinem Utopia erfand er ein Inselreich. Das Werk könnte man als harsche Kritik an den damaligen Zuständen in England betrachten. Auch in Utopia herrscht eine Art Kommunismus. Die Interessen der Einzelnen sind denen der Gemeinschaft untergeordnet. Jeder hat zu arbeiten; jeder bekommt Bildung und genießt religiöse Toleranz. Grund und Boden befinden sind im gemeinschaftlichem Besitz. Die Güter werden in Lagern aufbewahrt und den Menschen ausgeliefert, die sie brauchen. Die Bewohner leben in gleichförmigen Häusern, sie ziehen sich gleich an. Wie langweilig! Die Arbeitszeit ist für Mann und Frau dieselbe. Talentierte Kinder genießen eine besondere Ausbildung. Luxus ist verpönt. Die Ketten für Verbrecher werden aus Gold hergestellt. Kleine Kinder tragen Diamanten, später werden diese als kindisch betrachtet und abgelegt. Entsprechend dem Wissensstand des 16. Jahrhunderts sind jedem Haushalt in Utopia zwei Sklaven zugeteilt. Philosophen und Denker der Epochen, die ich skizziert habe, versuchen in ihren Denkansätzen negative Eigenschaften wie Hass, Neid, Zwist, Uneinigkeit, Streitigkeit oder Egoismus zu minimieren.

Kein Staat besteht nur aus Engeln
und keiner nur aus Teufeln.
Es kommt auf den Prozentsatz an.

Gustave Flaubert

So sollten durch dirigistische Maßnahmen die Bedürfnisse der Bewohner gestillt werden. Platon und Morus meinten, dass die Gesellschaft einen eigenständigen Organismus darstellt, der einen höheren Stellenwert als einzelne Individuen hat.

Möchten wir in einer Gesellschaft leben, in der man einen Partner nach genetischen Dispositionen wählt (Aldous Huxley: ‚Schöne Neue Welt'), wo man ihnen ihre Kinder nimmt, die durch die Gesellschaft erzogen werden, wo sie ihr Haus nicht individuell ausstatten können, wo sie sich nicht anziehen dürfen nach eigenem Gusto oder nicht entscheiden, welche Arbeit sie gerne verrichten würden?

Was uns sicherlich an diesen Modellen stört, sind zum Beispiel der Mangel an persönlichen Freiheiten, keine Möglichkeit der Wahl oder kein Ausdruck der eigenen Individualität.

Einen Meilenstein in der Formulierung der Menschenrechte stellt die Unabhängigkeits- Deklaration der Vereinigten Staaten von Amerika von 1776 dar, die besagt:

Alle Menschen sind gleich geschaffen und vom Schöpfer mit gewissen unveräußerlichen Rechten ausgestattet; dass dazu Leben, Freiheit und Streben nach Glück gehören; dass zur Sicherung dieser Rechte Regierungen eingerichtet werden, die ihre rechtmäßige Macht aus der

Zustimmung der Regierten herleiten; dass das Recht des Volkes ist, die Regierungsform zu ändern oder abzuschaffen und eine neue Regierung einzusetzen, die Sicherheit und Glück des Volkes gewährleistet.

Bis tief in das 20. Jahrhundert hinein wurde die Präambel dieser Deklaration nicht respektiert, ob es sich um Rassismus handelt oder die Todesstrafe, die immer in einigen Staaten noch praktiziert wird. Wie sollen arme Menschen nach Glück streben, wenn sie an Hunger leiden?

Wirft der Staat das Geld aus dem Fenster,
so steht der Bürger selten darunter.

Lothar Deppel

Die Gleichheitsidee wurde vehement während der Französischen Revolution von 1789 propagiert, unter anderem auch die Abschaffung des Privateigentums an Produktionsmitteln.

Im 19. Jahrhundert wurde der Begriff Kommunismus für eine sozial gerechte, freie Gesellschaft geprägt. Die industrielle Revolution in der 2. Hälfte des 19. Jahrhunderts brachte eine große Diskrepanz zwischen den Kapitaleignern (Kapitalisten) und der Arbeiterklasse (Proletariat), die von den Kapitalisten stark ausgebeutet wurde.

Die Vertreter der neuen Gesellschaftsordnung, des Kommunismus, waren Karl Marx und Friedrich Engels. Sie meinten, dass nur durch einen Klassenkampf die Kapitaleigner entmachtet würden. Eine Übergangsgesellschaft der ersten Stufe zum Kommunismus ist nach Marx und Engels die Diktatur des Proletariats, die das Privateigentum der Produktionsmittel regelt. Dadurch werden angeblich die Klassengegensätze abgeschafft und die Klassenherrschaft stirbt aus – so Marx.

Sozialismus ist nach Marx die Vorform des Kommunismus. Hier soll die Maxime gelten: Jeder wird nach seiner Arbeitsleistung entlohnt! Wie die Gesellschaftsform des Kommunismus aussehen müsste, wurde von Marx nicht genau beschrieben. Er skizzierte den Kommunismus nach dem Prinzip: Jeder nach seiner Fähigkeit! Jedem nach seinen Bedürfnissen! Es stellt sich die Frage: Wer bestimmt die Bedürfnisse des Einzelnen? In Wirklichkeit ging die Diktatur des Proletariats in die Diktatur der Kommunistischen Partei über, die Angst in der Bevölkerung verbreitete, um an der Macht zu bleiben. Die sogenannten kommunistischen Länder offenbarten gravierende Mängel. Diktatur bedeutet Gewalt gegen Menschen. Verstaatlichung der Produktionsmittel motiviert den Bürger nicht sich um den Erhalt der Dinge zu kümmern. Alles verrottet. Ein anderes negatives Merkmal dieses Systems ist die Planwirtschaft. Fehler durch inkompetente Planer, die sich nicht nach dem Bedarf der Menschen orientierten, führten zu Engpässen auf dem Markt, zum Beispiel Mangel an Toilettenpapier.

Staat: ein unwirtschaftlich geführtes Großunternehmen

Eine Gesellschaft, die auf den Prinzipien der gegenseitigen Hilfe und sozialer Gerechtigkeit aufgebaut ist und in der Menschen Arbeit und Besitz teilen, fand ich in Israel, im Kibbuz, wo ich längere Zeit verweilte.

Der Kibbuz ist eine kollektive Siedlung, in der der Gedanke verwirklicht: Jeder gibt nach seinen Möglichkeiten und erhält nach seinen Bedürfnissen. Die ersten Kibbuzim wurden am Anfang des 20. Jahrhundert gegründet. Die meisten Pioniere kamen damals aus Osteuropa, wo Juden häufige Pogrome erleiden mussten.

Heute gibt es in Israel mehr als 270 Kibbuzim. Ursprünglich waren diese Gemeinschaften nur auf Landwirtschaft ausgerichtet, weil sie in ländlichen Gegenden entstanden. Die heutigen modernen Kibbuzim besitzen Industriebetriebe, wobei die benachbarten Bündnisse sich den Maschinenpark teilen. Der Kibbuz, in dem ich verweilte, besitzt sogar ein prosperierendes Hotel.

Der Kibbuz ist eine demokratische, ja, eine kommunistische Gemeinschaft im positiven Sinne, in der sich Individuen freiwillig entschlossen haben, gemeinsam zu leben. Die Versammlung sämtlicher Mitglieder entscheidet über alle Belange des Kibbuz, wie: Haushalt, Wahl der Amtsträger oder bestätigt auch die Aufnahme neuer Mitglieder. Demzufolge hat jeder Erwachsene ein Mitspracherecht. Gewählte Räte kümmern sich um Angelegenheiten des Zusammenlebens, wie Erziehung, Gesundheit, Kultur oder zwischenmenschliche Probleme. Nach 2 Jahren werden neue Beauftragte gewählt. Die Amtsträger genießen keine Privilegien, sie sind oft froh, wenn ihre Amtszeit vorbei ist. Das Wichtigste im Zusammenleben ist die Tatsache, dass das Geld de facto abgeschafft wurde. *Geld schafft Ungleichheiten!* Natürlich braucht man Geld im Umgang mit der Außenwelt. Die notwendigen Konsumgüter holt sich der Kibbuznik aus den dafür vorgesehenen Lagern. Die meisten Kibbuzim arbeiten zusammen mit Bekleidungsgeschäften, in denen sich ihre Mitglieder die Kleidung aussuchen dürfen. Ich war überrascht abends im Kibbuz Kaffee schick angezogene Frauen zu sehen. Gepflegte Häuschen in einer parkähnlichen Anlage vermitteln eine idyllische Stimmung. Der Kibbuz übernimmt die gesamte Versorgung seiner Mitglieder. Er finanziert Ausbildung und Studium junger Kibbuzniki (=Kibbuzmitglieder) und kümmert sich um kinderreiche Familien. Die Kunstschaffenden sind so in der Lage, sich sorgenfrei ihrer Kunst widmen zu können. Letztendlich ist das Zusammenleben in dieser Gesellschaft unbeschwert.

Es bestehen generell kein Anlass, sowie die Möglichkeiten sich zu bereichern, respektive Karriere zu machen. Auch weitere negative Eigenschaften, wie Neid, Korruption oder Missgunst sind so gut wie nicht vorhanden. Folge rechtlich muss man sich die Frage stellen: Warum setzt sich solche vollkommene Gesellschaft nicht auch Anderswo durch? Die Antwort, die mir altansässige Kibbuzniki gaben, war frappierend einfach: Eine solche Gesellschaft kann in unserer materialistischen Welt nur in einem kleinen Maßstab von bis zu ca. 2000 Mitgliedern (=Kibbuz Stärke) funktionieren. Auf diese Weise garantiert man, dass alle Beteiligten an ‚einem Strang' ziehen und ihre idealistischen Vorstellungen ausleben. Idealismus ist hier das Zauberwort und natürlich ein hoher Prozentsatz an Toleranz eine Notwendigkeit.

Ich komme hiermit zu folgenden Schlussfolgerungen: Ein Staatsgebilde mit mehreren Millionen Bürger ist im Großen nicht reif eine ideale Gesellschaft nach dem Muster eines Kibbuz zu gestalten. Ein Mensch heutiger Prägung hat, wie bereits erwähnt, eine materialistische Gesinnung. Es reichen wenige negative Individuen in einer Gesellschaft, die durch Machtgier, Karrierismus, Neid oder Habgier ein Fortkommen einer Gesellschaft hemmen. Es mag sein, dass ein ambitionierter, junger Politiker sich für das Wohl der Gemeinschaft einsetzen möchte. Jedoch die politische Macht korrumpiert oft den Charakter des Volksvertreters. Die begrenzte Fähigkeit einiger politischen Würdenträger behindert immer wieder den Fortschritt.

*Fahnen dienen dazu,
die Taten ihrer Träger zu verdecken.*

X. Eggert

Am Anfang der 90-er Jahre, als das kommunistische Regime ohne gewaltsame Einwirkung zerfiel, öffneten sich für die Menschen neue Perspektiven. Es entstanden selbständige Staatseinheiten, wie die Baltischen und Kaukasischen Republiken, Tschechei und Slowakei, sowie Republiken auf dem Territorium des ehemaligen Jugoslawien. Ich bin der Überzeugung, dass kleinere Staatseinheiten überschaubarer, respektive transparenter zu regieren sind und demokratische Prinzipien dort leichter zu verwirklichen sind. Ergo, wurden wir Zeugen einer gewissen Dezentralisation, mit Ausnahme Deutschlands.

Als politisches System hat sich bei uns parlamentarische Demokratie etabliert. Die Mandatsträger werden für vier Jahre gewählt. Während dieser Periode haben Bürger keine Möglichkeiten eventuelle schlechte Entscheidungen der Regierenden zu beeinflussen. Mehr Mitbestimmung der Bürger könnte man durch Volksbegehren nach Schweizer Muster erreichen und zwar auf Landes- oder Bundesebene.

Mir missfällt auch die Tatsache, dass einige Abgeordnete ihre Position missbrauchen, in dem sie trotz üppiger Gehälter Nebentätigkeiten als Anwälte, Berater in der Wirtschaft und Mitglieder in verschieden Aufsichtsräten nachgehen.

Die Berufsstruktur der Abgeordneten mit ca. 60 % Akademiker wieder spiegelt nicht die Struktur der Bevölkerung. Diese Tatsache könnte sich als Unterrepräsentation der Nichtakademiker in der Bevölkerung niederschlagen.

1993, als in Maastricht die Europäische Union gegründet wurde, verbreitete sich unter betroffenen Europäern eine gewisse Euphorie. Die Binnengrenzen der Mitgliedsstaaten öffneten sich 1990 durch die Verwirklichung des Schengener Abkommen. Die wirtschaftlichen Vorteile durch die Einführung des Euro 2002 waren nicht von der Hand zu weisen. Die ersten politischen Krisen, die sich hauptsächlich durch Flüchtlingsinvasion bemerkbar machten, verursachten ernste Zweifel über die Effektivität dieses Konstrukts. Der riesige bürokratische Apparat der EU offenbarte eklatante Schwächen. Zurzeit pendeln von Brüssel nach Luxemburg und zurück 751 Europa-Abgeordnete. Dadurch entstehen dem europäischen Steuerzahler Kosten über 6 Millionen Euro. Die Abgeordneten, die im 5-jährigen Rhythmus gewählt werden, sind für die EU Bürger großenteils unbekannt. Der aufgeblasene Moloch der EU beschäftigt fast 50 000 Beamte. Das Gehalt der Abgeordneten ist mehr als üppig. Die meisten Zuwendungen sind steuerfrei. Sie erhalten Tagesgelder, bezahlte Mitarbeiter und Büros. Z. B. bekommt ein in Berlin lebender Abgeordneter zu seinem Urlaub noch 3 freie Tage zusätzlich, obwohl die Fahrt nach Brüssel nur ca. 2 Stunden dauert.

Eine Legislaturperiode von 5 Jahren wird mit lebenslanger Rente von 1.400 Euro belohnt. Wichtige Entscheidungen, wie zum Beispiel die Flüchtlingsproblematik, scheitern am Egoismus der meisten EU-Staaten. Anstatt sich mit wichtigen Themen zu beschäftigen, werden lapidare Angelegenheiten monatelang verhandelt. So entscheidet man beispielsweise über den Krümmungsgrad der Gurke. Demnächst soll der Energieverbrauch von Staubsauger und Kaffeemaschinen standardisiert werden. Unlängst musste ich Schmunzeln, als ich ein 20-ig seitige Pizza-Verordnung las. Um einen EU-Siegel zu bekommen, ist vorgeschrieben, aus welchen Zutaten der Teig bestehen muss, wie man ihn knetet und welchen Durchmesser er haben soll etc.

Die individuellen Interessen der einzelnen Mitgliedstaten führen zum Zwist. Europa spricht nicht mit derselben Zunge. Man bekommt den Eindruck, dass Europa auf Herausforderungen, wie die Flüchtlingskrise nur reagiert, anstatt mit einem sinnvollen Konzept zu agieren.

Neben der EU entstanden weitere globale Vereinigungen, wie AU (Afrikanische Union), oder ASEAN (Südost Asien Union). Sind diese globalen Zusammenschlüsse wirklich eine gute Sache? Ich weiß es nicht. Die Lebensnotwendigkeiten, wie Nahrung, Wasser, Medikamente, Elektrizität und Technologie müssten allen Mitgliedern der globalen Familie zugängig sein, wobei aber auch alle Probleme gemeinsam zu lösen wären.

Eines scheint klar zu sein: Solange wir materialistisch ausgerichtet sind und eine materielle Ungerechtigkeit in unserer Gesellschaft herrscht, werden zwischen Menschen negative Eigenschaften, wie Neid, Karriere oder Missgunst walten.

Wie können wir den Zustand der Demokratie in Europa charakterisieren? Europa ist immer noch ein fragiles Gebilde. Große Parteien verlieren zunehmend an Macht. Rechtspopulisten werden durch Wahlen legitimiert. Sie holten 13 bis 33 % der Stimmen.

Die Flüchtlingskrise spaltet Deutschland und Europa. Die Aussage: „Zuwanderer, die hier leben, bedrohen meine persönliche Lebensweise und meine Werte". Diese Äußerung findet bei vielen Europäern Zustimmung. Einige Staaten brauchen mehr Zeit um nachzuholen, resp. aufzuholen, um Europa als offene Gesellschaft zu akzeptieren. Es betrifft insbesondere Länder, die noch vor 30 Jahren unter dem Joch des Kommunismus litten. Deshalb liegt die Zukunft Europas in verschiedenen Geschwindigkeiten, um ihre Ziele zu erreichen. EU streitet sich und kommt selten auf eine gemeinsame Linie. Wir sind gerade auf der Abwärtsbewegung, hin zu weniger Toleranz und mehr Hass und Vorurteilen.

In der Migrationsfrage gibt es keine Lösungen oder Patentrezepte. Die Aufnahmekapazität der Flüchtlinge scheint begrenzt zu sein, in Anbetracht von 60 Millionen Flüchtlingen, die sich wegen Kriege, Armut und Perspektivlosigkeit auf den Weg nach Europa, insbesondere Deutschland, machen. Schon jetzt hat jedes dritte Kind in Deutschland einen Migrationshintergrund.

Die finanzielle oder ökonomische Hilfe für die ‚Dritte Welt', um so die Anzahl der Flüchtlinge zu minimieren, wird von korrupten Machthabern in diesen Ländern vereinnahmt.

Trotzdem schauen noch 56 % der Europäer optimistisch in die Zukunft. Der französische Ministerpräsident Macron schlug sogar einen gemeinsamen Haushalt für die Eurostaaten, eine gemeinsame Polizei und gemeinsame Verteidigungspolitik vor. Er meinte: „Der einzige Weg vorwärts ist die Neugründung eines souveränen, vereinten und demokratischen Europas".

Menschen sind nicht vollkommen, deshalb kann die Gesellschaft auch nicht vollkommen sein!

Was eine Nation zusammenhält,
das ist der gemeinsame Wille
in Frieden zusammenzuleben.

Paul Schieber

Die parlamentarische Demokratie und soziale Marktwirtschaft scheinen zurzeit die gerechtesten Formen des Zusammenlebens von Menschen zu sein.

Eine interessante Variante, um das Leben noch gerechter zu gestalten, basiert auf einer Grundversorgung der Bevölkerung. Das könnte wie folgt gestaltet sein: Jeder Bürger erhält einen Grundbetrag von circa 1000 €, jedes Kind bekommt in etwa 250 €. Diese Zuwendungen sind steuerfrei. Sämtliche bisherigen Unterstützungen oder Vergünstigungen, wie Abschreibungen, Sozialhilfe, Wohngeld oder BAföG sind in diesem System abgeschafft. Das herkömmliche, komplizierte Steuersystem würde somit überflüssig werden. Jedem Bürger würde empfohlen, sich nach seinen Möglichkeiten oder Fähigkeiten zu dem Grundversorgungsbetrag noch Geld dazuzuverdienen. Solcher Zuverdienst wird mit Steuern belegt. Dort, wo dieses System versuchsweise angewandt wird (bestimmte Regionen in Dänemark), hat man positives Echo vernommen. Die Menschen haben weniger Stress, bleiben gesünder, können entspannter schlafen. Einige Nutznießer dieser Form begannen eine Ausbildung oder respektive ein Studium, andere wiederum haben sich selbstständig gemacht. Bemerkenswert war, dass die Scheidungsrate gravierend zurückging.

Es lebe eine gerechte, humane Gesellschaft,
in der sich jedes Individuum frei
entwickeln und nach Glück streben kann.

GLÜCKLICH NACH MAß

Wie viel Glück kann man haben?

*Keine Pflicht ist so sehr vernachlässigt,
wie die Pflicht glücklich und zufrieden zu sein.*

Robert Louis Balfour Stevenson

Unzählige Autoren haben Behandlungen über den Begriff Glück veröffentlicht und genauso viele Definitionen wurden zu diesem Thema geschrieben. Wir sind nicht in der Lage mit Wörtern auszudrücken, was eigentlich Glück ist. Jedenfalls kann man Glück nicht objektiv messen. Also besitzt Glück ganz und gar eine subjektive Dimension. Vieles hängt vom Zufall ab. Wir erkennen eigene Talente und Grenzen.

*Glücklich sein ist ein Maßanzug.
Unglückliche Menschen sind jene,
die den Maßanzug eines anderen tragen wollen.*

Karl Böhm

Bereits der altgriechische Philosoph Epikur fand sein Glück im angenehmen Leben, guten Essen, Musik und anderen Sinnesvergnügen. Er fand es jedoch auch in der Enthaltsamkeit, Freundschaft, Freiheit und intellektuelle Gespräche führten nach seiner Meinung ebenfalls zum Glück.

Aristoteles wiederum war der Ansicht, dass Menschen, die Zuviel dem Vergnügen frönten, wie dem Trinken, oder dem faul sein, nicht in Wirklichkeit glücklich sind.

Jeder hat also eine andere Vorstellung vom Glück und findet es dementsprechend anderswo. In armen Ländern Afrikas kann ein Frühstücksei große Glücksgefühle hervorrufen, während in unserem Abendland die positiven Reize viel höher angesetzt sind, zum Beispiel im Kauf eines neuen Fernsehers. In Afrika begegnete ich Menschen, die abends am Lagerfeuer ausgelassen sangen, tanzten und lachten, ohne sich Sorgen darüberzumachen, wie sie den nächsten Tag überleben sollten. Sie lebten nach dem Motto:

Sorge dich nicht lebe!

Glück ist nichts Anderes als Zufriedenheit mit dem eigenen Sein.

Ich glaube, dass Glück kurzzeitige Gefühle beschreibt, wie beispielsweise: lachende Kinder, Eisbecher schlecken, sich auf Wasser tragen lassen, oder am Strand mit einem leckeren Cocktail liegen.

Es gibt kein unbedingtes und ungetrübtes Glück,
das länger als fünf Minuten dauert!

Theodor Fontane

Glück kann, um ein Beispiel zu nennen, eine gute Beziehung beinhalten. Neue materielle Güter, wie eine Kaffeemaschine, sind Anlässe für ein kurzes Glücksgefühl, das allerdings nicht lange anzuhalten vermag. Wir gewöhnen uns schnell an dieses neue Stück und das Glück verwandelt sich in eine Zufriedenheit. Ergo, ein neuer Impuls muss her, etwa der Kauf eines Teppichs.

Um dauerhafter ein Glücksgefühl zu genießen, brauchen wir Glückserlebnisse. Ein Flug mit einem Ballon bedeutet ein besonderes Ereignis, das länger im Gedächtnis bleibt. Nach meinem Ermessen gilt für das reale Glück, dass man reich an Erlebnissen ist.

Wir unterscheiden zwischen äußerem Glück, das nicht beeinflussbar ist: Glück haben (im Englischen: be lucky) und dem inneren Glück: glücklich sein (im Englischen: be happy).

Glück ist der Glaube,
dass Sie Glück haben!

Tennessee Williams

Was hindert uns daran, sich glücklich zu fühlen? Oft belasten negative Gedanken in der Nacht unser Wohlbefinden. Dieses sich suhlen im negativen Gedankengut hindert uns daran, sich glücklich zu fühlen. Von allen Sorgen, die ich mir machte, sind die meisten niemals eingetroffen.

Glück wird eher als Abwesenheit von Problemen beschrieben. Wenn wir etwas finden, auf das wir uns freuen können, verdrängen wir negative Gedanken. Die Bewältigung kleinerer negativen Begebenheiten sollten wir nicht aufschieben, um sie möglichst schnell loszuwerden. Ein großer Schock ist besser als diverse kleinere.

Der Mensch lebt in der Gesellschaft. Er vergleicht sich mit anderen. Es darf ihm völlig egal sein, was andere über ihn denken. Er soll sich mit niemandem vergleichen und wenn, dann mit weniger glücklichen. (R. Dobelli). Die Beziehung zu seinen Mitmenschen prägen wesentlich, ob wir glücklich oder unglücklich sind. Vertrauen als Lebensgefühl bedeutet zum Beispiel, dass wir uns gut mit unseren Nachbarn verstehen.

In diesem Sinne: *Liebe Deinen Nächsten wie Dich selbst!*

Anstatt eine schlechte Beziehung zu führen, ist es besser, ohne eine Beziehung zu sein. Das Gefühl geliebt zu werden, hilft uns das Leben zu meistern. Untersuchungen zeigen, dass gute Ehe oder Partnerschaft unsere Gesundheit verbessern, ja sie verlängern das Leben.

Neben Partnerschaft erkennen wir eine weitere glückliche Beziehung zu unseren Hauslieblingen, wie Hunden, Katzen oder Papageien. Es ist erwiesen, dass wir auch mit ihnen glücklicher und länger leben.

Das Leben soll nicht eintönig sein. Wir brauchen eine Anzahl von Anregungen. Laut Machiavelli sind diejenigen glücklich, die selbst etwas dafür tun. Sie ergreifen die Initiative und suchen mehr als andere den Kontakt zu ihren Mitmenschen. Es fällt ihnen leichter ihren Traumpartner, eine gute Arbeit, oder eine schöne Wohnung zu finden. Sie bleiben immer ‚am Ball' und zeichnen sich durch Energie, Kreativität und Willensstärke aus. Hier gilt das Motto:

Jeder ist seines Glückes Schmied.

Nichtsdestoweniger sind einige Menschen glücklicher, wenn sie ruhiger leben, andere wiederum brauchen ein Leben voller Erlebnisse. Daher können beide Wege zu unserem Glück führen.

Diesbezüglich stellt sich die Frage: Wer ist glücklicher, die Introvertierten oder die Extrovertierten?

Viele Introvertierte sind gehemmt und das geht oft mit Schüchternheit einher. Sie präferieren weniger Stimulation und ruhige Umgebung. Viele ruhige Menschen sind sensibel. Aber es gibt auch nicht schüchterne Introvertierte und sehr schüchterne Extrovertierte. Zum Beispiel ist Obama ein Introvertierter, der überhaupt nicht schüchtern ist. Über ähnliche introvertierte Qualitäten verfügt auch Angela Merkel. Studien belegen, dass Extrovertierte glücklicher sind, weil sie mehr Dopamin (=Glückshormon) generieren. In der westlichen Kultur bevorzugen wir das laute Glück, man springt vor Freude in die Decke.

Es gibt auch eine stille Art von Glück. Man ist zufrieden. Diese Art von Glück kosten meistens die Introvertierten aus, nach dem Motto:

Aus der Stille zieht man Kraft.

Die Zeit als Teenager ist am schwierigsten. Sie werden pausenlos daran gemessen, wie beliebt und gesellig sie sind.

Immer mehr Menschen leben alleine, was nicht bedeutet, dass sie einsam sind. Ein durchschnittlicher Mensch hat heute weniger Freunde als früher. Dazu kommt noch das Phänomen der digitalen Generation mit ihren virtuellen Beziehungen. Oft sind Internet-Begeisterte nicht in der Lage, ein direktes Gespräch zu führen. Wie überall, auch hier gilt, dass Extreme schaden.

An dieser Stelle möchte ich ein wenig Statistik einbringen. Man stellte fest, dass genetische Dispositionen das individuelle Glück zu 50 % beeinflusst. Ca. 10 % hängt von äußerlichen Bedingungen, wie Bildung, Arbeit, Einkommen, oder Familienstand ab. Auf die restlichen 40 % können wir selbst Einfluss nehmen.

Gleichzeitig unterscheiden wir zwischen positiven Gefühlen, wie Liebe, gute Beziehung, Hoffnung, Dankbarkeit und negativen, wie Ärger, Neid, Depressionen oder Einsamkeit. Es gibt kaum Menschen, die 100 % glücklich sind. Ein Verhältnis von 1 : 1 zwischen positiven und negativen Gedanken oder Gefühlen reicht nicht zur Zufriedenheit. Günstig scheint ein Verhältnis von drei positiven zu einem negativen Gedanken oder Gefühlen. Wir sollten uns bemühen, unsere positiven Gefühle zu steigern. Eine fürchterlich stressige Reise mit dem Flugzeug wird durch einen schönen Aufenthalt am Meer verdrängt. Es ist auch erwiesen, dass wir in dem Urlaub, in dem wir uns nicht ständig im Kontakt zur Heimat durch das Handy oder Internet stehen, erst erholen.

Innere Ruhe bekommen wir, wenn wir unsere Situation akzeptieren und uns nicht ständig mit Anderen vergleichen. Man muss sich darüber im Klaren zu sein, dass die Welt ungerecht ist. Sie war es immer und wird es immer sein. Lernen Sie denen zu verzeihen, die Ihnen böses angetan hatten. Finden Sie einen gesunden Abstand zwischen Ihnen und Ihren negativen Emotionen. Man kann das fremde Glück nicht objektiv mit dem eigenen messen und vergleichen.

Das Glück kommt und geht.
Es macht, was es will.

Ebenso erforschte man, dass eine gewisse gesellschaftliche Stellung ebenfalls proportional die Lebenserwartung steigert.

Man vertritt sogar die These, dass Karrieristen glücklicher sind als andere Menschen. Stimmt diese Behauptung? Natürlich können auch erfolgreiche Menschen unglücklich sein, der vorhandene Bildungsgrad kann dies nicht verhindern. Aber eines ist gewiss, gebildete Menschen leben offensichtlich länger, da sie sich gesünder ernähren und somit statistisch gesehen über eine längere Lebensdauer verfügen.

Eher eine tiefe Glückseligkeit, als grelles Licht, dass rasch wieder verblasst. Es hat mit Bescheidenheit zu tun.

Oftmals bedeuten auch Anerkennung und Ehre durch andere eine noch höhere Motivation als das Geld. Generell gesehen stellen ärmere Menschen weniger hohe Ansprüche an das Glück. Sie sind schon dankbar für jedes kleine High Light in ihrem Leben.

Generell kann man die Frage, ob reiche Menschen glücklicher sind, nicht mit einer generellen Zustimmung beantworten. Der Reichtum erhöht vielleicht in einigen Fällen die Zufriedenheit, aber nicht unbedingt das Glück.

Ein reicher Mann ist oft ein armer Mann
mit viel Geld!

Aristoteles Onassis

In einer Umfrage kristallisierte es sich heraus, dass 52 % der Deutschen meinten, dass die Reichen ihren Reichtum durch Unehrlichkeit und Habgier erreicht hätten. Sicherlich spielt da der Neid eine große Rolle und trübt das Glücksgefühl der Minderbemittelten. Nichts erfreut die Armen mehr, als ein unglücklicher Reicher.

Marcel Reich-Ranicki meinte:
Geld alleine mache nicht glücklich,
aber es weint sich besser in einem Taxi,
als in der Straßenbahn.

Ab einem mittelständigen Jahreseinkommen von ungefähr 35 000 bis 45.000 Euro wird man nicht automatisch glücklicher, auch wenn das Einkommen ständig ansteigt. Denn eines können wir sicherlich nicht kaufen: eine gute Beziehung, den Respekt und vor allen Dingen – Lebenszufriedenheit!

Der Breitenwohlstand einer Bevölkerung hat generell mit dem allgemeinen Wohlbefinden eines Volkes zu tun. In Ländern wie Dänemark, Schweden, Kanada und Australien ist man eher optimistisch und leidet weniger unter Zukunftsangst. So gehören diese Länder mit Neuseeland und der Schweiz zu den Ländern, mit einer glücklichen Bevölkerung.

Hilft der Glaube auf dem Weg zum Glück?

Man sagt, dass man auch ohne Religion oder sogar Gott glauben glücklich sein kann, wenn man seine Harmonie, sprich das Glück unter anderem zum Beispiel an und in der Natur, an den Tieren oder vereinzelt sogar an den Menschen sucht.

Heutzutage sind östliche Religionen wie besonders der Buddhismus, der Hinduismus, aber auch die Esoterik sehr in Mode gekommen. Sie sind gefällig und gefühlsmäßig angenehm, obwohl sie schwer in unsere abendländische Mentalität transportiert werden können.

Interessant ist auch die Untersuchung, die feststellte, dass ältere Menschen glücklicher und zufriedener sind als jüngere. Vielleicht liegt es daran, dass sie gefestigter, erfahrener und ruhiger sind, es liegt aber bestimmt auch daran, dass die Last der zu tragenden Verantwortung sich im Alter wesentlich verringert hat. Durch ihre innere Harmonie erinnern sie sich lieber an schöne Erlebnisse als an die sicherlich vielfältigen negativen Erfahrungen der Vergangenheit. Diese Einstellung hilft ihnen Stresssituationen zu vermeiden oder zumindest abzubauen. Senioren urteilen generell etwas ‚gnädiger' über ihre Mitmenschen. Sie neigen dazu, die positiven Eigenschaften dem Charakter eines Menschen zuzuschreiben, die negativen eher den Umwelteinflüssen.

Klar ist, dass Glück das Leben verlängert und die Gesundheit verbessert. Eine der Schlüssel Bedingungen des glücklichen Alters ist die Qualität der zwischenmenschlichen Beziehungen.

Sie lächeln, wenn Sie glücklich sind und mit diesem Lächeln erhalten Sie ein positives Feedback. In diesem Zusammenhang möchte ich Sie zu einem Experiment animieren: Stecken Sie sich einen Bleistift zwischen die Zähne, sodass er mit den Lippen nicht berührt wird. Dann verändern Sie die Haltung des Bleistifts und halten ihn nur mit den Lippen. Im ersten Fall formt sich das Gesicht in ein lachendes, respektive in ein Grinsen, wobei bei Haltung des Bleistifts mit den Lippen wir ein finsteres Gesicht machen. Der Versuch zeigt, dass dies die Laune und auch, zum Beispiel, die Bewertung des Fernsehprogramms enorm beeinflusst.

Der Dalai Lama meinte zum Thema Glück, dass das Hauptmerkmal wahren Glücks der Frieden - der innere Frieden - sei. Zu innerer Ruhe oder zum Frieden kommen wir, wenn wir unsere Situation so akzeptieren, wie sie nun mal ist.

Aber auch Aktivitäten wie spazieren gehen oder sich regelmäßig körperlich zu betätigen sind wirksame Mittel gegen negative Gedanken, ja sogar gegen Depressionen.

Glück oder Geld sollen nicht unsere primären Lebensziele sein. Durch ein sinnvolles Leben erreichen wir das Glück ganz einfach so nebenbei. Sinnvoll wäre es, sich nicht ständig mit Dingen zu belasten, die man sowieso nicht ändern oder beeinflussen kann. Wenn man immer etwas hat, worauf man sich freuen darf, ist das

Leben viel einfacher zu bewältigen. Studien belegten, dass erfahrungsgemäß die kleinen Dinge des Lebens bei Weitem die wichtigsten sind und den Menschen enorm glücklich machen können.

Gib jedem Tag die Chance,
der schönste Deines Lebens zu werden.

Mark Twain

In diesem Sinne: **Viel Glück!**

ÜBER DAS LESEN

Von allen Welten,
die der Mensch erschaffen hat,
ist die der Bücher die gewaltigste.

Heinrich Heine

Meine erste physische Berührung mit Büchern hatte ich im Vorschulalter.

Wir lebten damals im Sudetenland. Als die Deutschen nach dem Krieg abgeschoben wurden und in ihre leeren Häuser Tschechen eingezogen waren, war deren erste Handlung die Bücher, die überwiegend in Deutsch geschrieben waren, auf den Müll zu werfen. Der Retter dieser literarischen Kostbarkeiten war mein Vater. Er ging mit einer Schubkarre von Haus zu Haus, sammelte die verschmähten Bücher und brachte sie zu uns nach Hause. Wir deponierten viele dieser Exemplare in einer geräumigen Dachkammer. Diese Bücher-Kammer gehörte lange Zeit zu meinem Lieblingsrefugium. Stundenlang blätterte ich durch die wunderschönen, illustrierten Bände der klassischen Literatur. Ich streichelte die feine Goldschrift, die oft in dunkelrote Umschläge geprägt und nicht selten mit einem romantischen Bild versehen waren. Der eigenartige Geruch des alten, mitunter vergilbten Papiers, schaffte eine geheimnisvolle Atmosphäre. Da ich noch nicht lesen konnte, beflügelten die Illustrationen der meisten Bände meine Fantasie. Ich war begeistert von Wilhelm Buschs Werken. Die lustigen Zeichnungen versuchte ich zu kopieren. Auch Haufs Märchen, Shakespeares komplette Werke in deutscher Sprache und die abenteuerlichen Romane von Karl May wurden mit Bildern ausgestattet. Ich fand sie großartig. Unvergesslich blieb für mich das Buch: ‚Die Anatomie des menschlichen Körpers', meine erste Begegnung mit Sexualität in Form dieses imposanten Bandes. So hatte ich das Geheimnis des weiblichen Körpers bereits im Vorschulalter erforscht.

Dann kamen meine ersten Schuljahre. Ich lernte lesen. Der Zauber der Bücher in meiner Kammer wuchs ständig. Langsam begann ich die Titel unter den Abbildungen zu entziffern. Die Fortschritte im Erlernen der deutschen Sprache waren enorm, da meine Eltern zu Hause deutsch sprachen, obwohl ich natürlich die tschechische Schule besuchte. Dann, nach der Machtergreifung durch die Kommunisten, wurden die Repressalien gegen alles Deutsche erhöht. Meine Eltern sprachen von heute auf morgen nie mehr ein deutsches Wort, um mich zu schützen. Gesegnet sind die Kinder, die diese Welt noch nicht begreifen.

Viele Texte der älteren Ausgaben waren noch in Altdeutscher Schrift verfasst. Auch dieses Hindernis konnte ich rasch überwinden.

An dieser Stelle möchte ich einfügen:

Die Kindheit ohne Bücher
ist wie ein Sandkasten ohne Sand.

Die Versuche mit Lesen in deutscher Sprache erweiterten meinen Wortschatz und helfen mir bis heute beim Schreiben, obwohl ich nie deutsch gelernt habe.

Bücher, die sich mit weit entfernten Ländern befassten, erweiterten meinen Horizont. Sie waren damals für mich eine imaginäre Art zu reisen.

Seit meiner Kindheit lese ich täglich, hauptsächlich vor dem Schlafengehen, zumindest ein paar Seiten. Dieses Ritual hilft mir beim Einschlafen. Natürlich soll man blutrünstige Thriller vermeiden. Auch in Krisen des Lebens, wenn man sich schlecht fühlt, hilft das Lesen die unselige Zeit zu überwinden.

Etliche Bücher aus der damaligen Zeit schmücken noch heute meine Bücherregale. Ich trage die meisten Inhalte noch heute in meinem Gedächtnis. Eine herrliche Erkenntnis, auch wenn sich manchmal nur noch eine Handvoll Wörter dieser Schätze in meinem Kopf manifestiert hat.

Es ist eine merkwürdig mächtige Beziehung, die den Schriftsteller an den Leser, den Musiker an seine Zuhörer, die Filmemacher an ihre Zuschauer oder die darstellenden Künstler an ihre Betrachter und überhaupt, alle Künstler an Menschen fesselt. Bücher, Bilder, Schauspiele, Skulpturen, Filme und Symphonien bilden eine gigantische Kunstwelt, in die zu schauen oder sie sogar zu verstehen ein großes Abenteuer ist, das wir in den vier Wänden unserer Freizeit durchleben. Zu einem zivilisierten Volk gehören Bücher! Mit Ausnahme von einigen ‚Werken', deren Titel sich folgendermaßen anhören: ‚Katze küsst Kater' oder ‚Eine Tussi sagt ja'.

Hermann Hesse gab zu verstehen:

Ein Haus ohne Bücher ist arm,
auch wenn schöne Teppiche seine
Böden und kostbare Tapeten und
Bilder die Wände bedecken.

Natürlich gibt es eine Sorte von Menschen, die nicht gerne liest; Literatur ist ihnen gleichgültig. Sie mögen nur den äußeren Signalwert der Bücher in Form der ansprechenden Bucheinbände. So ein Werk steht im Regal neben einer Porzellan-Figur und erfüllt eine dekorative Funktion, oder das Buch soll den Eindruck eines intellektuellen Haushalts vermitteln.

Was verstehen wir unter Lesen? Lesen bedeutet schriftlich niedergelegte Gedanken aufzunehmen und zu begreifen. Es ist eine elementare Kulturtechnik. Allerdings in unserer schnelllebigen Zeit haben wir den Eindruck, als ob es nicht mehr dazu gehört. Das Symbol unserer Zeit ist eher der Bildschirm.

Viele Leser nehmen sich leider nicht mehr die Zeit, genüsslich und mit Verstand ein Buch zu erobern. Hastig werden die Zeilen überflogen. Das gelesene bleibt nicht im Gedächtnis verankert. Diese Art zu lesen kann man vielleicht mit dem Gefühl vergleichen, hinter einem Lenkrad zu sitzen und durch die Welt zu rasen. Oft sind die Inhalte so schnell und oberflächlich gelesen, dass man am Ende des Buches auch schon den Inhalt des Anfangs vergessen hat.

Ein langsames Lesen verleiht dem Leser mehr denn je das Gefühl, mitten in der Handlung zu leben, nichts wird überflogen oder nicht registriert. Allerdings muss man dann auch mehr Zeit einkalkulieren, wenn man sich so in den Inhalt eines Buches vertieft. Es ist vergleichsweise wie das „zu Fuß laufen", es ist anstrengender und zeitaufwendiger. Aber derjenige, der zu Fuß geht, der sieht sehr viel. Er spaziert durch Pfade, hübsch schlängelnde Wege, genießt die Stille, Gerüche oder das Geflüster der Baumblätter. Das erlebt man nicht beim Sausen auf den langweiligen geraden Autobahnen. Beide Vergleiche haben den gleichen Sinn, denn durch das Verlangsamen des Ablaufes wird der Genuss der jeweiligen Situation größer. So wie beim langsamen Lesen einer Geschichte, so fühlt man auch beim bedächtigen Autofahren die Wonne des Augenblickes beim Anblick der Natur.

Über Bücher und Wege ist die Zeit langsamer geworden. Fußgänger sowie Leser leben bedächtiger, aber dafür länger.

Früher war ich ein schlechter, hastiger Leser. Heutzutage versuche ich auch mit Ruhe langsam zu sprechen, oft langsam zu gehen, alles langsam zu tun. Die schnell vorbeifliegende Zeit verursacht Panik in mir.

Aber trotzdem behandele ich meine Buchautoren noch heute wie ein Terrorist. Ich drücke ihnen eine Pistole an ihre Schläfe und gebe ihnen 25 Seiten als Ultimatum. Entweder sie packen mich in diesem Zeitraum und wecken mein Interesse, oder ich klappe das Buch zu und damit auch seinen Autor.

Leser sind überhaupt eine stille Gemeinde, die ihrem Laster lautlos und in aller Stille frönt. Sie sind wie Fische, die ich mit einer Unterwasser-Gemeinschaft vergleichen möchte. Sie pfeifen auch nicht auf ihre Artgenossen, sie kreischen sie nicht an und schnauben oder johlen nicht. Sie kommunizieren offensichtlich mit Lauten, die menschliches Ohr nicht wahrnehmen kann.

Jedoch sollte der Leser manchmal auch seine Stimme erheben und laut in seinem Buch lesen, wirklich laut lesen! Die Tradition des Vorlesens reihte sich tief in die menschliche Geschichte, als z. B. die Heilige Schrift an einer Feuerstelle von Sippenältesten vorgelesen wurde. Ich wünschte mir, dass Familien ein geeignetes Buch gemeinsam laut lesen. Jeder ein paar Seiten. Solche Leser-Séance bedeuten ein wunderschönes, harmonisches, gemeinsames Erlebnis.

Lesen ist die einzige Art auf Reisen zu gehen, ohne den Sessel verlassen zu müssen.

Die Welt ist ein Buch.
Wer nie reist,
sieht nur eine Seite davon.

Augustus Aurelius

Bücher stillen die Neugier und entwickeln letztendlich einen unabhängigen, kritischen Geist.

Kinder lesen vielleicht mehr als je zuvor. Allerdings handelt es sich hier oft nur um Nachrichten auf dem Smartphone oder Kurztexte im Facebook oder einem ähnlichen Medium. In der digitalen Welt sind Grammatikregeln und Rechtschreibung oft Nebensache. Die Sprache wird misshandelt. Alles ist schludrig und knapp formuliert. Es entsteht eine Art von Buchstaben-Geiz, Sprachverfall und Rechtschreib-Anarchie. Es entstehen emotionale Ausdrücke wie: haha, gähn, seufz oder mmanh. Es bilden sich Abkürzungen und verballhornte Worte, wie: we (= Wochenende), bäm (=totale Begeisterung), oder mom mom (= lecker), etc.

Junge Menschen lesen zu wenige Bücher und haben deshalb oft eine Rechtschreibschwäche. Schuld daran sind die modernen Medien. Die Bilderflut, die uns durch das alltägliche Fernsehen umgibt und das von 98 % der Bevölkerung regelmäßig in Anspruch genommen wird, hindert den Menschen sich eigene Bilder zu erschaffen.

Je höher die Leselust,
desto tiefer die Einschaltquoten.

Brigitte Fuchs

Ja, der Bildschirm gaukelt uns die virtuelle Welt vor, die wir passiv absorbieren. In kurzer Zeit nach der Berieselung durch die vorbeilaufenden Bilder haben wir schnell die vorgegebene Welt vergessen.

Lesen dagegen ist ein aktiver Prozess. Aus einer Menge Buchstaben entstehen Wörter und wir erschaffen damit unsere eigenen Bilder und üben unser sogenanntes Kopfkino. So fördern wir unsere Kreativität, respektive Vorstellungskraft. Wir tauchen tief in die Fantasiewelt der Wörter und Erzählungen ein.

Bücher lesen bedeutet auch in die Gedanken von anderen Menschen hineinzuschlüpfen. Wir fördern die geistige Fähigkeit, den Wortschatz und die Ausdrucksfähigkeit.

Letztendlich mache ich bei meinen häufigen Bahnreisen eine verblüffende Beobachtung. Die Masse der Reisenden sitzt leicht vorgebeugt und tippt konzentriert Mitteilungen in die Smartphones. Nur einige wenige der Reisenden hält leger ein Buch in den Händen und liest. Man sieht ihnen an, wie gefangen sie von dem Inhalt der Lektüre sind.

DIE SPRACHEN STERBEN AUS

Die Sprache prägt unser Denken und die Art, wie wir die Welt wahrnehmen. Wer seine Muttersprache verliert, verliert auch einen Teil seiner Identität.

Je mehr Menschen unseren Planeten bewohnen, desto weniger Sprachen werden auf unserer Erde gesprochen. Sprachen sterben aus. Alle 2 Wochen verschwindet eine Sprache.

2013 verstarb Kristina Grizelda im Alter von 103 Jahren. Sie haben von ihr kaum gehört. Mit ihr verschwand eine weitere Sprache: Livonisch. Livonien war in der Vergangenheit sogar ein Königreich im Baltikum.

Mary Smith Jones war eine alte Dame, die vor ihrem Tod eine Tonaufnahme mit merkwürdigen Lauten hinterließ, die für uns keinen Sinn ergeben. Sie sprach das sogenannte Ejaktenisch. Sie war die letzte Person, die diese Sprache in Alaska sprach. Durch diese Aufnahme ist uns wenigstens der Klang dieser seltenen Sprache erhalten geblieben.

In heutiger Zeit spricht die Menschheit ca. 6 000 Sprachen, wobei 2/3 davon gefährdet sind. 2010 gab es 19 Sprachen, die jeweils nur ein Mensch sprach. Die Wissenschaftler schätzen, dass in grauer Vorzeit, als die Menschheit nur ca. 5 Millionen zählte, 12.000 Sprachen, also 2x mehr als heute existierten.

Laut UNESCO hat eine Sprache die Chance zu überleben, wenn sie von mehr als 100 000 Menschen gesprochen wird.

Ein Beispiel dafür, wie auch bekannte Sprachen aussterben, ist maorisch. Die selbstbewussten Krieger, denen früher Neuseeland gehörte, sind stolz auf ihre Vorzeit. Lustig ist, wenn ihre Rugby Mannschaft vor dem Spiel ihr Tanz hakka aufführt und sie dabei ihre Zungen herausstrecken. Diese Maori haben ihre Sprache fast vergessen. Heute sprechen maorisch fließend nur noch 4 % der Maori. In Neuseeland spricht man englisch.

In dem riesigen, am stärksten bevölkerten Land Afrikas, Nigeria mit mehr als 130 Millionen Einwohnern spricht man neben der Amtssprache Englisch neben den offiziellen, regionalen Sprachen Jeruba (Süd und West), Ibo (Ost) und Hausa (Nord) noch ca. 500 lokale Sprachen. Ein Kind, das Glück hat und die Schule besucht, wächst somit dreisprachig auf. Die ‚kleinen' Sprachen, wie Bete, Zulu, Nkoro, Defaka und andere sterben allmählich aus. Dafür ist im Wesentlichen die Mobilität der Bewohner verantwortlich, - weg von Isolation.

Bevor Hitler zur Macht kam, sprachen Jiddisch 11 Millionen Juden. Zeitungen, Zeitschriften und Bücher wurden in dieser Sprache verfasst. Heute ist Jiddisch zum Aussterben verurteilt. In dieser Sprache, die in Ghettos gepflegt wurde, findet man Elemente mit biblischen hebräisch durchsetzt, mit deutschen, polnischen und in Westeuropa auch mit spanischen Elementen. „Jiddisch is gor nischt asoi schwer!"

Aus dem biblischen Hebräisch, einer sogenannten ‚toten' Sprache entstand das moderne Iwrit, das die Amtssprache in Israel ist. Eine ähnliche Entwicklung durchlief Latein, aus dem die romanischen Sprachen Italienisch, Spanisch oder Portugiesisch entstanden.

In Nigeria und anderen westafrikanischen Ländern begegnete ich dem Pidgin Englisch. Es ist eine reduzierte englische Sprachform, in der wir einer vereinfachten Grammatik begegnen. In die rudimentäre englische Kommunikation können auch örtliche regionalspezifische Elemente einfließen. Beispiel: „Long time no see." Diese köstlichen sprachlichen Variationen sind leider auch zum Aussterben verurteilt.

Durch die Globalisierung in unserer Zeit, vor allem durch das Internet, werden ‚kleine' Sprachen immer mehr zurückgedrängt. Einige sterben bevor sie niedergeschrieben worden sind. Eine Sprache verschwindet, wenn sie von den Eltern nicht an ihre Kinder weitergegeben wird. Die Anteilnahme in der Öffentlichkeit ist wesentlich größer, wenn irgendwo in der Welt ein Vogel oder eine Pflanze vom Aussterben bedroht ist, als wenn eine Sprache erlischt.

Zweifelsohne hat die Globalisierung die Welt verändert. Telekommunikation, Touristik, Fernsehen, Handel etc. bewirken, dass die Welt immer kleiner und uniformer wird. Sich dagegen stellen ist sicherlich kontraproduktiv. Im Deutschen wurden eingefleischt Begriffe, wie: Agenda, Apps, blind date, black out, Image, Internet, know how, no go etc. Eigene Ausdrücke existieren oft einfach nicht.

Deutsche Sprache, schwere Sprache.
Deshalb vereinfachen wir sie erfolgreich durch Englisch.

Erhard Blank

Im Jahr 1919 machten die Franzosen einen historischen Fehler. Die traditionelle Sprache der Diplomaten und der Salons erlaubte, dass der Vertrag von Versailles in Englisch verfasst wurde.

Als zwei Jahrzehnte später, 1939, die Außenminister Deutschlands und Japans gemeinsam den Krieg gegen Amerika und Großbritannien beschlossen, war die Verhandlungssprache Englisch. Nach dem Zweiten Weltkrieg bekam Englisch die Sprachhegemonie. Sie wurde zu einem globalen Esperanto.

Mit den Nachfahren der Menschenfresser auf Borneo oder mit Tuaregs in der Sahara können sie sich in Englisch verständigen. Piloten auf der ganzen Welt kommunizieren in Englisch, genauso wie internationale Firmen. Wissenschaftler schreiben ihre Abhandlungen ebenfalls in Englisch. Kinder quer durch unseren Planeten zerbrechen sich ihre Köpfe über das Plusquamperfekt. Bill Gates erklärte: „*Eine Welt, ein Wörterbuch*".

Übrigens, in der Zukunft wird Englisch nicht die Sprache sein, die die meisten Menschen sprechen. Es wird natürlich Chinesisch sein und den zweiten Platz erkämpft sich Spanisch. Allerdings wird Englisch souverän die meist verbreitete zweite Sprache sein. Wenn sich ein Chinese mit einem Spanier unterhalten wird, dann sicherlich in Englisch. Sprachliche Kuriositäten entstehen, wenn ein Schotte mit einem Nigerianer auf der Straße plaudert. Es entstehen zwischen ihnen Verständigungsprobleme. Unterscheiden werden sie sich in Intonation, Aussprache und Redewendungen. Neue englische Termini und Redewendungen haben sich in die deutsche Sprache eingeschlichen. Sie werden mit der Zeit kaum noch als fremdsprachlich wahrgenommen. Beispiele: fake news (=falsche Nachrichten), whistleblower (=Aufdecker), Kaffee to go etc.

Irgendwann nach dem 2030 wird niemand mehr die zweite Sprache zusätzlich zur Muttersprache lernen, weil zu dieser Zeit perfekte Miniübersetzer existieren werden. Im Ohr werden wir eine Einrichtung haben, die z. B. ins Deutsche aus allen Sprachen übersetzt und das simultan. Also: „Sprich mit der Welt in deiner eigenen Sprache.

Die ganze Kunst der Sprachen besteht darin,
verstanden zu werden.

Konfuzius

DIE SCHÖNSTEN TAGE

*Wenn das ganze Jahr über Urlaub wäre,
wäre das Vergnügen so langweilig wie die Arbeit.*

William Shakespeare

„Das Wasser im kleinen Schwimmbecken plätschert beruhigend. Es reicht bis zum Rand, sodass man den Eindruck bekommt, es ergießt sich im Raum. Man nennt es *infinity pool*. Das Bassin ist zwar klein, gehört aber mir. Draußen rauscht der Indische Ozean. Die Sonne über den Palmen wärmt mich gerade so angenehm, ich verweile im Süden von Mauritius.

Die kleine Villa, die ich für 3 Tage meine nenne, ist elegant eingerichtet. Riesige Veranda, auf der man sich genüsslich auf die einladende Couch fläzen möchte. Um es nicht zu vergessen, zu diesem Etablissement gehören zwei Badezimmer, die nur durch eine Glaswand getrennt und mit zwei inneren und zwei äußeren Solarduschen bestückt sind. Wenn ich mich dusche, habe ich den Eindruck mich auf Präsentierteller zu befinden.

Der kleine Garten riecht betörend nach Hibiskus und Jasmin. Zum Inventar gehören zwei, weißgekleidete Dienstboten. Sie fegen einen kleinen Strand, den ich auch mein Eigen nennen darf, oder wollen mir einen Drink kredenzen, als ob ich mir ihn nicht selbst nehmen könnte. Das ist mir alles zu viel, ich kann mich nicht richtig entspannen.

Die ersten Probleme entstanden, als ich mich zum Abendessen begeben wollte. Es war schrecklich weit, so ungefähr 300 bis 400 Meter. Ich musste mit einem meiner ‚Boys' hart kämpfen, um durchzusetzen, dass ich zu Fuß gehen möchte. Er wollte mich unbedingt mit einem Golfwagen fahren. Einen solchen Exzentriker wie mich, hatte er wahrscheinlich noch nie gesehen. Er wird über mich vermutlich noch 10 Jahre erzählen. Wir einigten uns, dass ich zu Fuß gehen werde, während er im kurzen

Abstand hinter mir fahren würde. Sollte ich aus Erschöpfung umfallen, dann könnte er mich retten.

Überflüssige Energie verbrennt man vor Ort beim Golf, Hochseeangeln oder Einkaufen von Geschenken für die zu Hause Gebliebenen. Die erlesenen Boutiquen bieten Luxusartikel an, wie exquisite Cartier Uhren, Schmuckstücke der Firma Madison oder ausgefallene Mode-Kreationen. Ich studierte die Preise. Als man mich wieder zum Leben erweckt hatte, entschied ich mich eher nach der blauen Mauritius zu suchen. Das kommt preiswerter. Ich vergaß noch zu erwähnen, dass ich mir zum Frühstück Langusten und Krebstartar munden ließ. Schön, jedoch nicht das Ambiente, in dem ich mich wie zu Hause fühlen würde."

Das erzählte mir mein Bekannter, ein Journalist, der sich diesen Luxus für drei Tage leisten konnte, weil er eine Reportage über diesen opulenten Ort schrieb. Es kommt die Zeit, vielleicht in 20 Jahren, wo man dorthin reisen würde, wie heutzutage auf die Kanaren. Es finden sich immer mehr Menschen, die etwas Besonderes und Besseres verlangen. Die Begriffe Exklusive, Luxus oder Privilegiert gehören immer mehr zum Vokabular der Reisebüros.

In den 60-er und 70-er Jahren war Campingzeit angesagt. Bevorzugte Ziele waren in Italien der Gardasee oder der Lido an der Adria. Ich rieche noch heute das frisch gemähte Gras und die feuchte Erde, die das Camping-Dasein prägten. Wir leisteten uns die ersten Pizzen, die die Italiener damals klein als Vorspeise vertilgten.

Einige Jahre später sind wir in Ein-bis Zwei-Sterne Hotels gezogen und ließen uns mit Halbpension verwöhnen. Die Urlaubsansprüche stiegen beständig. Mit der wachsenden Nachfrage begann die Touristikindustrie zu boomen.

Außergewöhnlich im anderen Sinne des Wortes sind keine Langusten, sondern gewöhnliche Brotfladen, die durch die einfachen Bewohner Tibets angeboten werden. Der Tourist sucht dort die innere Ruhe, das In sich Kehren, die Einfachheit des Dorflebens in karger Landschaft der Berge.

Ein anderer Exzentriker flog nach Nepal, schloss sich, besser gesagt drängte sich, einer Gruppe Hirten auf. Er verrichtete mit ihnen ihre täglichen Arbeiten, wohnte mit ihnen in Zelten, aß mit ihnen und wusch sich nicht, wie sie auch. Er verbrachte dort einen Monat, ohne zu wissen, was im Tal oder sogar im entfernten Europa passierte.

In diesem Zusammenhang ein guter Ratschlag: Versuchen sie sich von Zeitungsnachrichten, Radio oder Fernsehen während der Urlaubszeit zu befreien. Reduzieren sie möglichst den Gebrauch des iPhones, liebe junge Leser. Kommunizieren sie mit ihren Mitmenschen, genießen sie ihre Umgebung, sammeln sie Erlebnisse.

Während meiner Urlaube stellte ich fest, dass das am Strand Liegen und sich Bräunen nicht mehr als Luxus bezeichnet werden kann. Man wird ständig nach Exklusivität streben. Immer mehr Menschen sehnen sich nach individuellen Erlebnissen, Erfahrungen.

Sie werden weiter nach Amsterdam fahren, aber diesmal vielleicht im Kajak paddeln und sich die Stadt vom Wasser anschauen.

Im Rom wird man 3 tägige Gladiator Tage anbieten, die nicht sehr anspruchsvoll sind, da dort auch Kinder teilnehmen können. In den Wüsten Ländern werden sie 3-Tage eine Kamelen-Karawane genießen, am Roten Meer oder in der Karibik werden verstärkt Tauch- Kite- oder Surfkurse angeboten. Auch wenn sie nicht viel lernen, kommen sie stolz mit einem Diplom nach Hause.

Diejenigen, die nicht ihre Kondition vorführen wollen oder nicht in der Lage dazu sind, finden eine Kombination von Wellness mit Krankheitspflege. In diesen Einrichtungen bietet man einen erholsamen Urlaub mit einigen ärztlichen Eingriffen, wie Zahnbehandlungen, Augenliederlifting, Arthrose lindern oder sogar Galle aus operieren lassen. Solche Institutionen baut man zum Beispiel in Health Care City in Dubay. Zu dem ursprünglich großartigen Krankenhaus wird ein Golfplatz, Wellness und ein touristisches Ressort gebaut. Sie müssen jedoch nicht so weit fahren. Ähnliche Sanatorien befinden sich in Ungarn, der Slowakei oder tschechische bekannte Kurhäuser in Karlsbad respektive

Marienbad. Natürlich ist eine solche Art von Kurheimen im Wesentlichen für Rentner geeignet. Leider genießen diese Errungenschaften hauptsächlich Ruheständler aus West Europa.

Die 74 jährige Jekaterina aus Russland, die ihr ganzes Leben als Krankenschwester geschuftet hatte, kann sich mit ihrer Rente von 8.000 Rubbeln (= 120 Euro) solche Ferieneinrichtung nicht leisten.

Ein großes Potential für die touristische Industrie stellen folglich die Rentner da. Sie sind heutzutage insgesamt noch sehr fit und streben nach neuen und außergewöhnlichen Erlebnissen. Ein heute 70 jähriger verfügt über die körperliche und geistige Verfassung eines 50 jährigen. Vor 30 Jahren war er in diesem Alter ein betagter Mann, so ändern sich die Zeiten. Senioren sind unabhängig von der touristischen Saison und verfügen über ein festes Einkommen. Sie gehören zu der Generation, in der Urlaubsreisen ein Ausdruck von Status sind. Sie fahren nicht in die Villa auf Mauritius, sondern leisten sich bequeme Kreuzfahrten im Mittelmeer oder der Karibik im Sinne: *‚Sag mir, wo du im Urlaub warst, und ich sage dir, wer du bist'*.

In den letzten Jahren erfassten die touristischen Veranstalter junge Familien mit Kleinkindern. Buggys gehören zur Grundausstattung dieser Reisegruppe. Ich bin mir nicht sicher, ob junge Eltern ihren Urlaub mit ihren kleinen Sprösslingen in tropischen Ländern genießen können.

Haben sie den Begriff ‚multigen' schon gehört? Kinder, Eltern und Großeltern, die entfernt voneinander leben, treffen sich im Urlaub und verbringen gemeinsame Zeit.

Dann hätten wir noch die wachsende Gattung der Singles, die sich nicht unterordnen möchten und ihr Leben nach eigenem Gusto und gehobenen Ansprüchen gestalten wollen, flexibel sind und überwiegend über ausreichende finanzielle Mittel verfügen. Übernachtungen unter den Sternenhimmel der Sahara, Shopping in New York oder Kite Kurs auf Hawaii mögen zu ihren beliebten Aktivitäten gehören. Ich persönlich möchte meine Urlaubserlebnisse nicht alleine genießen, sondern mit einer geliebten Person teilen.

Nicht unerwähnt soll die rapide wachsende Touristen-Schar aus China sein. Die disziplinierten Kleingruppen mit Hütchen, Schirmchen, Fotoapparaten und einem ununterbrochenen Lächeln, so watscheln sie durch die deutschen Metropolen. Zur Überraschung der Einheimischen erstehen sie exklusive Waren in Kaufhäusern. Im Jahr 2016 sind weit über 100 Millionen Chinesen ausgereist, wobei sie mehr als 90 Milliarden Dollars ausgaben.

In der Anzahl der Touristen haben sie uns Deutsche überflügelt, die seit der asiatischen Invasion auf dem zweiten Platz figurieren. Für das Jahr 2020 schätzt man, dass sich sogar 200 Millionen chinesische Touristen ins Ausland begeben. Wir müssen damit rechnen, dass in den 20-er Jahren auf 5 Reisende 1 Chinese sein wird.

Die Zeiten, als asiatische Schönheiten auf high heels am Stubeitaler Gletscher spazierten, sind vorbei. Die Manie des Fotografierens ist natürlich geblieben. Wie man Zuhause die unzähligen Bilder den gesehenen Objekten zuordnen kann, bleibt ein Geheimnis.

Natürlich werden Urlauber auch weiterhin zum Meer fahren, um sich zu bräunen. Immer mehr Menschen jedoch suchen in ihren Urlaub mehr kleinere oder größere Abenteuer, über die sie nach der Rückkehr ihren Bekannten berichten werden. So fliegt man z.B. nicht nach Kuba, um ausschließlich Land und Meer zu genießen, sondern absolvieren dort auch ein Kurs *Salsa*. In Marokko verbringen die Touristen eine Zeit mit einer Kamel-Karawane. Einen Kursus im *Pasta-Kochen* können sie in der Toskana belegen, was nicht spektakulär ist. Natürlich gibt es während des Wander-Urlaubs auch Möglichkeiten an einer Kletterwand zu üben. Für Anspruchsvollere empfehle ich eine Surfschule direkt auf Waikiki, Honolulu. In unserer hektischen Zeit finden sich immer mehr Menschen, die eine bestimmte Zeit in Tibet verbringen, dort in Klöstern meditieren, um die innere Ruhe zu finden.

Ein Bekannter verbrachte einen Monat in einer Villa auf Thailand, die der auf Mauritius ähnelte. Ein 3-tätiger Ausflug auf eine unbewohnte Insel mit Zelten war für seine Kinder das größte Erlebnis und Abenteuer.

Immer mehr deutsche Urlauber verbringen übrigens ihre schönsten Tage des Jahres in ihrem Heimatland unter dem Motto: *Kassel statt Katar.*

Eine Kombination aus Erholung und Erlebnis, die als *soft adventure* bezeichnet wird, kann sicherlich in der Zukunft an Beliebtheit gewinnen. Es scheint, dass sich die Temperatur auf unserem Planeten immer mehr erhöht, jedenfalls wollen uns die Meteorologen das klar machen. Als Konsequenz dieser Entwicklung verlängert sich die touristische Saison.

Na, dann wünsche ich Ihnen viel Spaß!

Urlaubstage sind die Oasen in der Wüste des Alltags

Hermann Lahm

KUNST – IM AUGE DES BETRACHTERS

*Der Mensch,
das Augenwesen,
braucht das Bild.*

Leonardo da Vinci

Mit großem Interesse beobachte ich Domizile verschiedener Menschen und versuche mir ein Urteil darüber zu bilden, wie ihr Bezug zur Kunst zu sein scheint. Die Schlussfolgerungen stimmen mich oftmals sehr nachdenklich. In den meisten Fällen starre ich auf kahle Wände und sterile moderne Interieurs. Man findet kein Kunstwerk an den Wänden. Viele der Bewohner sind selbst ohne Bilder aufgewachsen.

Gut bürgerliche Haushalte schmücken sich dagegen mit Ölgemälden, die meistens Landschaften oder Portraits darstellen. Im Schlafzimmer kann man frivole Aktbilder oder im Gegensatz dazu religiös-verklärte Engel bewundern. Immerhin, ohne einen künstlerischen Wert hervorzuheben, wurde von der älteren Generation noch die bildende Kunst gepflegt. Auf den schmucken Kommoden kann man Familienfotos bewundern.

Befassen wir uns nun mit der jüngeren Generation, die mehr oder weniger der digitalen Welt verfallen ist. Auf dem Schreibtisch, wo bei Opa oder Vater stolz eine ästhetische Bronzefigur stand, thront protzig ein kostspieliger Computer mit allen Schikanen. Oft stelle ich resigniert fest, dass sich die Interessen unserer Wohlstandgesellschaft, verschoben haben. Die jüngere Generation gibt ihr Geld lieber für digitale Medien, Urlaubsreisen, häufiges Essen gehen und andere Vergnügen aus statt für Kunst. Ja, wir leben in einer ‚fun'-Gesellschaft. An guten Bildern besteht kein Interesse und das Geld wird lieber in andere Dinge investiert. Die hundertfach produzierten Möbelstücke aus dem skandinavischen Ausstattungsriesen werden unter Umständen durch Leinwand Drucke für 50 - 100 € komplettiert. Diese Bilder gaukeln ein Original vor. Sie sind technologisch hervorragend hergestellt, stellen jedoch kein Kunstwerk. Die Funktion dieser Drucke ist rein dekorativ, als Ergänzung zum Mobiliar. Den Besitzern scheint es wichtiger, dass die Farben der Bilder mit denen der Couch oder der Tapete korrespondieren. Dabei wirkt ein gutes Bild für sich und passt in fast jedes Interieur.

Und nun ein paar Gedanken zu guten Bildern. Ein Unikat (= Einzelanfertigung) ist mit einer Signatur des Künstlers versehen und natürlich entsprechend kostspieliger. Natürlich spielt hierbei der Bekanntheitsgrad des Autors eine Rolle.

Dem oft gehörten Einwand, dass ein Unikat zu teuer sei, kann man die Argumentation entgegenhalten, dass ein gutes Ölgemälde, eine Zeichnung oder eine Grafik den Menschen das ganze Leben lang begleitet und es erfreut den Besitzer jeden Tag. Nach einiger Zeit tauschen wir die Möbel aus, doch das Bild, das Aussagekraft und Esprit besitzt, bleibt uns das ganze Leben erhalten. Es wird uns niemals langweilig, da es immer lebt und seine Aussagekraft nie an Bedeutung verliert. Ein wertvolles Bild kann in vielen Fällen auch eine Geldanlage bedeuten.

Unter dem Begriff Original verstehen wir eine Druck-Grafik, die auch signiert ist. Von einem in eine Kupfer- oder Metallplatte eingeritzten Motiv werden mehrere Drucke erzeugt, hierbei handelt sich nicht um Unikate. Es wird eine limitierte Auflage erzeugt, zum Beispiel 21/60. Das Blatt trägt in diesem Fall die Nummer 21, während die Gesamtauflage 60 Grafiken beinhaltet.

Künstler, die eine Grafik herstellen, müssen nicht nur gute Ideen für das Motiv haben, nein, sie müssen auch gute handwerkliche Fertigkeiten vorweisen. Der berühmte Grafiker Albrecht Dürer behauptete von sich, vor allem ein Handwerker zu sein, erst dann komme der Künstler in Betracht. Leider sind viele der Grafiken berühmter Künstler wie Dali, Miro oder Picasso oft Fälschungen.

Der Streifzug durch die Kunstszene offenbart uns das Phänomen der selbstgemalten Bilder. Prinzipiell kann man solche Versuche begrüßen, da sie eine bestimmte Kreativität der Hersteller aufzeigen.

Über Geschmack lässt sich bekannter Weise nicht streiten.

Landschaftsbilder, Stillleben, Figurendarstellungen und Portraits gehören zu den gängigen Bildmotiven. Je getreuer sie die Wirklichkeit wiedergeben, desto verständlicher erscheinen sie dem Betrachten. Viele sogenannte Künstler kopieren allerdings nur die Realität. In diesem Fall fehlt die Kreativität, sie sind höchstens gute Handwerker. Das Handwerk der Malerei kann man mit Fleiß und ein wenig Talent erlernen, Kreativität leider nicht, denn sie ist angeboren. Das andere Extrem stellen Maler dar, die das Kunsthandwerk nicht beherrschen, jedoch über viel Kreativität und Phantasie verfügen. Aus Unvermögen sind sie nicht in der Lage, die beabsichtigen Motive zu verwirklichen. Ergo, muss ein guter Künstler über beide so wichtigen Kriterien verfügen; er muss sein Handwerk beherrschen und schöpferische Fähigkeiten sein Eigen nennen.

Ein Großteil der Menschen, die es wagen in die Geheimnisse der Kunst einzudringen, wird häufig durch abstrakte Kunst verunsichert.

Mein Ratschlag diesbezüglich wäre: Farben, Formen, Flächen oder Strukturen im Bild sollten eine bestimmte Harmonie und einen Einklang ausstrahlen. Sie sollen also den Betrachter ansprechen – ihm gefallen. In diesen Bildern suche ich einen Anhaltspunkt, von dem aus ich das Motiv weiterentwickle. Die Vorstellungskraft bewirkt, dass jedes Individuum in jedem Gemälde etwas Anderes sehen kann. Leider wird bereits ein Kind in der Schule durch das Erlernen von klarem logischem und sachlichem Denken hauptsächlich in den naturwissenschaftlichen Fächern der Phantasie und des Spielerischen beraubt. Nichts-desto weniger dient die Kunst dazu, das Vorstellungsvermögen zu trainieren. Etliche Menschen meinen, dass die Kunst sie überfordert, und sie versuchen gar nicht sich mit ihr auseinanderzusetzen. Oftmals trauen sie sich auch nicht ihren eigenen Impulsen über Stil und Schönheit zu folgen. Natürlich wäre es zum Beispiel töricht zu verlangen, ein Bild in vorwiegend blauer Farbe zu mögen, wenn man eine Affinität zu Grün hegt. Es ist aber dennoch denkbar, dass man Verständnis für Kunst entwickeln kann. Beginnen wir mit den ‚einfacheren Bildern' und entwickeln uns peu à peu zum Verständnis und Empfinden von anspruchsvollen Kunstwerken. Diesem interessanten Lernprozess dienen zum Beispiel Besuche von Kunstausstellungen. Nach deren aufmerksamem Besuch gewinnt der Betrachter sehr oft dem Zeitgeist eine andere Einstellung zur Kunst. Bedauernswert erscheint mir, dass Kunst genauso wie Mode einem Zeittrend unterliegt. In einem Jahr ist beispielsweise die Abbildung von Tulpen in verschiedenen Variationen ‚in', während im folgenden Jahr abstrakte figurale Darstellungen in Mode sind. Deshalb empfehle ich bei der Auswahl der Motive sich unbeirrt nach dem eigenen Geschmack zu richten. Es besteht kein Dogma, welches Bild zu dem Kunstfreund passt und welches nicht. Es muss generell dem Menschen gefallen und Freude bereiten.

Die Kunst existiert nicht außerhalb der Gesellschaft, sondern sie spiegelt soziale und politische Geschehnisse wider und sie muss auch nicht unbedingt ästhetische Kriterien erfüllen. Solche besonderen und teilweise sehr ausgefallenen Darstellungen schaue ich mir gerne in öffentlichen Ausstellungen an und ich trage die dort dargestellte Problematik auch nicht in meine vier Wände. In meinem Umfeld möchte ich ästhetische, positive Bilder genießen. Ich liebe es in meinem bequemen Sessel zu sitzen, gute Musik hören, ein Glas Wein zu trinken und vor allem meine schönen Bilder zu betrachten und ihren Sinn und ihre Schönheit auch noch nach Jahren immer wieder auf mich wirken zu lassen.

Das größte Verdienst eines Gemäldes ist es,
ein Fest für die Augen zu sein.

Eugène Delacroix

Wie ich bereits erwähnte, gibt es meiner Meinung nach in puncto Malerei genug Amateure. Eine Unmenge von Menschen frönt diesem Hobby, mehr oder eher weniger erfolgreich.

In meiner kurzen Karriere als Galerist wurde mir eines Tages bewusst, dass es nicht schaden könnte, meinen Kunden durch praktisch gesammelte Erfahrungen das Metier Malerei noch besser vermitteln zu können. Frohen Mutes besuchte ich einen Kunstgroßhandel und ließ mich beraten, welche ersten Schritte ich vollziehen sollte. Das Zauberwort hieß Acryl. Ich packte nach einer eingehenden Beratung meinen Einkaufswagen voll. Kleine Leinwände, eine Grundausstattung an Acrylfarben, verschiedene Pinsel, eine große Anzahl an Fachbüchern sowie eine Staffelei waren die Ausbeute eines stundenlangen Aufenthalts in diesem Fachgeschäft.

Zu Hause angekommen, erschuf ich nach Anweisungen aus der Literatur meine Kunst-Erstlinge. Das erste ‚Werk' war eine klischeehafte Toskanische Landschaft, die sich noch irgendwo in einer Kammer ihrer Existenz erfreut. Es folgten viele solcher Erstlingswerke. Vom anfänglichen Kopieren der Vorlagen entfernte und entwickelte ich mich immer mehr zum eigenständigen Ausdruck meiner Bilder. Das ‚learning by doing' nahm natürlich längere Zeit in Anspruch, als wenn man Malerei in einer professionellen Kunstschule erlernt. Ich entwickelte immer mehr meinen eigenen Stil und man erkannte schon nach einiger Zeit anhand dieser Handschrift, dass das ein Acrylgemälde „von mir" war. Schon nach einigen Monaten stellte sich so ein recht überzeugender Erfolg ein. Natürlich bleibe ich Kunst-Amateur und entsprechend ist auch der Wert meiner Bilder zu beurteilen.

Das Malen mit Acryl ist hauptsächlich für den Einsteiger empfehlenswert. Die Farben sind wasserlöslich, man kann sie gut miteinander vermischen, sie verdünnen (=Aquarell-Effekt) oder der durch Zufügen einer Emulsion einen Ölfarben Effekt erreichen. Und das Wichtigste: Sie trocknen im Gegensatz zu Ölfarben innerhalb weniger Minuten, bei denen der Trocknungsprozess bis zu mehreren Tagen andauert. Genau das war damals für mich der Grund, Acryl für meine Bilder zu verwenden also genau das Passende für meine ungeduldige Natur.

Ich wünsche Ihnen viel Erfolg auf ihrem neuen künstlerischen Weg!

Wer mir sagen kann,
warum ein Bild schön ist,
dem bezahle ich eine Flasche Wein.

Berühmter französischer Maler Edgar Degas

HERR ALLEINE

Moderner Wohnungsbau: Seltsam.
Wir leben auf einer Kugel und sind total in Würfel vernarrt.

Manfred M. Strasser

Wir schreiben das Jahr 2030, Herr Alleine, ich nenne ihn so mit Absicht, da er im klassischen Sinne kein Single ist, unterhält sich mit ein paar Freunden über das Zusammenleben von Menschen. Zwei Kinder aus erster Ehe sind bereits erwachsen und leben im Ausland. Ein Kind aus zweiter Ehe lebt bei seiner Mutter. Die Freundin des Herrn Alleine besitzt eine eigene Wohnung auf der anderen Seite der Stadt. Man sieht sich manchmal an Wochenenden oder verbringt gemeinsam den Urlaub.

Menschen, die eine Beziehung pflegen, jeder jedoch in seiner eigenen Wohnung lebt, können wir als *mingle* bezeichnen. Eine Menge Menschen leben alleine und Freunde sind für sie wichtiger als die eigene Familie, da man sie sich nicht aussuchen kann. Eine solche Partnerschaft ist die häufigste Art des Zusammenlebens. Die Voraussetzung dafür ist in Lebensstandard, der es erlaubt, zwei Wohnungen zu finanzieren.

Andererseits, Frau Alleine möchte sich prinzipiell nicht von einem Mann aushalten lassen, da sie ihre gute Ausbildung schätzt. Sie verdient so viel Geld, wie ihr männliches Gegenüber und möchte nicht nur kochen, putzen und Wäsche waschen, sondern auch Kariere machen. Mehr als 30 % der Menschen führen ein (Zusammen)leben wie Frau und Herr Alleine. Die Zahl solcher Haushalte ist in den letzten Jahren rapide gewachsen.

Als Herr Alleine mit seinen Freunden darüber philosophierte, erklärte er ihnen das Phänomen folgendermaßen: „Stellt euch ein fiktives Haus mit 100 Wohnungen vor. In 27 leben Menschen wie ich, also solche, die solo sind. Aber Achtung, nur in 20 Wohnungen! Wohnt die klassische Familie, wie wir sie uns vorstellen, also Vater, Mutter und Kinder."

„Willst du uns erzählen, dass Familien mit Kindern, die uns von Reklamen anlachen, nur einen so geringen Prozentsatz ausmachen? Das ist ja schrecklich wenig."

„Ja, das stimmt. Da habe ich die ‚wilden Ehen' oder Paare ohne Trauschein nicht berücksichtigt. Dabei muss einer nicht unbedingt ein Elternteil der Kinder sein. So viel zur heiligen Institution der Ehe. Die Kleinfamilie ist nicht mehr die Norm. Es gibt Wohnungen, in denen nur erwachsene Familienmitglieder leben, wie zum Beispiel Mann, Frau und Bruder oder Eheleute mit Schwiegermutter". Herr Alleine lächelte, als er sagte: „Stellen wir uns vor: Strand, Palmen und Schwiegermutter. In unserem fiktiven Haus sind 51 Haushalte nur von Erwachsenen bewohnt. In 14 Wohnungen leben Alleinerziehende und das nicht nur Mütter, sondern auch Väter".

Ja, die Familie der Zukunft wird immer kleiner. Es wird daher die Anzahl der Single-Haushalte wachsen.

Aber auch die Patchwork-Familie ist auf dem Vormarsch. Fast jede zweite Ehe wird geschieden. Etwa jede vierte Familie mit Kindern ist bunt zusammengewürfelt. Nach der Trennung eine neue Liebe zu finden ist wunderbar. Oft bringen Mutter oder Vater ihre Kinder mit in die neue Beziehung. Manchmal leben Kinder beider Elternteile in der neuen Familie. Kaum ist der neue Partner eingezogen, glaubt man gleich in einer perfekten Harmonie leben zu können. Diese Illusion zerplatzt sehr oft wie eine Seifenblase, denn man hat nicht die vielen finanziellen, rechtlichen, pädagogischen und psychologischen Aspekte beachtet und von Beginn an geregelt. Und wie sieht es mit dem Besuchs- und Sorgerecht aus?

Studien haben belegt, dass Frauen schneller die Reißleine (52 %) ziehen als die Männer. Jedes dritte Paar trennt sich nach sogenannter Ehe auf Probe. Ich glaube Geduld, Verständnis und Toleranz sind sehr wichtig, um eine Normalität in der Beziehung zu erreichen.

Aber zurück zu unserem fiktiven Haus. Es ist ein stilles Haus. Früher hörte man in den Fluren das fröhliche Gekreische von Kindern, die auch vor dem Haus spielten. Die Stille kommt nicht nur daher, dass, da man weniger Kinder hat, sondern weil sie nicht mehr rausgehen zum Spielen, so wie das früher war. In diesem geschilderten Haus ist alles kühl und unpersönlich, sogar für die Rentner.

Warum gibt es heutzutage so wenige Kinder? Es gibt so viele einschneidende Gründe dafür. Ein Kind ist eine teure Angelegenheit. Früher hatten ärmere Menschen genügend Nachfahren, die als ihre Altersversorgung galten. Man prognostiziert, dass im Jahr 2030 nur noch die wohlhabende Schicht es sich leisten kann, Kinder zu haben. Ein düsteres Szenario.

Trotz des negativen Eindrucks, den dieses Haus erweckt, findet man am und im Aufzug Gelegenheit, sich zum Tratsch zu treffen. Jeder wird schnell durchgehechelt, denn die Fahrt im Fahrstuhl ist knapp bemessen. Die Blondine aus dem zweiten Stock hat schon wieder einen neuen Verehrer, die jungen Leute aus dem Parterre sind wieder getrennt und die Schönheit aus dem sechsten Stockwerk lebt noch immer allein.

Warum leben denn so viele Menschen allein? Vielleicht wollen junge Leute gar nicht mehr heiraten, vielleicht ist das überholt, nicht mehr ‚in'. Es ist eine merkwürdige Generation geworden. Die Prioritäten der jungen Menschen veränderten sich grundlegend, hauptsächlich wegen des relativ hohen Lebensstandards, den diese Fan-Generation beansprucht. Die Jungen möchten nach der Ausbildung zuerst das Leben genießen und dabei beruflich weiter kommen. Diese egoistische Individualisierung führt im besten Falle zu der Bereitschaft, höchstens ein Kind zu bekommen und das dann im relativ hohen Alter von 30 und älter. Menschen treten heutzutage unkritischer in Beziehungen ein. Es folgen oftmals überstürzt die Eheschließungen, aber genauso schnell beenden sie die Beziehung im Sinne: Wenn es nicht läuft, beschließen wir das Ganze eben. Das alles wird mehr wie eine Sache behandelt. Kompromisse und die mühselige Kleinarbeit an einer guten Beziehung werden nicht sonderlich in Erwägung gezogen. Diese Kraftanstrengungen sind unangenehm und kräfteraubend und daher nicht erstrebenswert, also trennt man sich lieber und schaut einer neuen Beziehung voller Hoffnung entgegen. So bleiben Menschen und ihre Sehnsüchte auf der Strecke.

Durch die ständig drastisch steigenden Mieten werden Verbindungen aus der Not heraus gegründet – Wohngemeinschaften sind hier eine gute Lösung. Oft leben in solchen Kommunen Alleinstehende mit Kindern, da man sich durch dieses Modell die Kosten teilen kann. Die Mitbewohner helfen sich gegenseitig im Alltag. Die üblichen Tätigkeiten im Tagesablauf kann man sehr gut aufteilen. Kosten wie die für ein Auto, Anschaffungen von technischen Geräten usw. kann man sich teilen. Ebenso ist nicht zu unterschätzen, dass die Kinder der Bewohner miteinander spielen können.

Trotz aller Vorzüge dieser Lebensform kann sich Herr Alleine allerdings nicht vorstellen, wie der gemeinsame Haushalt im persönlichen Bereich funktionieren soll. Das ist halt immer Ansichtssache, wie man leben möchte.

Und dann ist hier noch eine Großfamilie, die Herr Alleine als zurück in die Zukunft' nennt. Aus der Vergangenheit weiß man, dass hauptsächlich in ländlichen Gegenden Großeltern, Eltern und Kinder unter einem Dach lebten. Im Jahr 2030 wird ein „Mehrgenerationen-Haus" das Zauberwort und vielleicht die Lösung für viele Alleinlebende sein. Hier leben drei bis vier Generationen ohne Familienbande zusammen. Alle Alltagsgruppen profitieren voneinander. Kinder wachsen nicht ohne Altersgenossen auf. Junge Bewohner ziehen Nutzen aus der Erfahrung und Lebensweisheit der Älteren, die wiederum nicht einsam leben müssen und die Hilfe der mittleren Generation genießen.

Keine Kinder zu haben, sozusagen *childfree* zu leben, ist kein Grund für Mitleid, sondern ein Lebensstil, der allgemein akzeptiert wird. Andererseits sagen sich viele junge Menschen, dass sie noch genug Zeit haben sich zu binden. Das Leben scheint immer schneller und undurchsichtiger zu werden. Die Jobs sind unsicher, die Zukunft ungewiss. Daher haben sich heutzutage die Prioritäten für das Leben zu früher verschoben. Man versucht eine gute Ausbildung zu erreichen, eine feste Einstellung zu bekommen und möchte die Freiheit in der Freizeit genießen.

Die Kinder des Herrn Alleine, die bereits die 30 überschritten haben, verhalten sich, als ob sie für immer 20 wären. Es entsteht der Eindruck, als würden von ihrer Umgebung und den Medien bearbeitet, einen idealen Partner zu suchen. Sie entfalten nicht die Beziehung, sondern beenden sie kaltblütig bei kleinsten Anzeichen von Differenzen, im schlimmsten Fall sogar nur per SMS ohne persönliche Aussprache. Dann beginnt die Suche von Neuem. Eine immer beliebtere Plattform Partner zu suchen ist zweifelsohne das Internet.

Ohne das Wohnzimmer zu verlassen, bietet sich dem Suchenden eine unüberschaubare Schar an potentiellen Bewerbern. Leider sind die meisten an dauerhaften, seriösen Partnerschaften nicht interessiert.

Letztendlich ist das Flüchtlingsproblem anzusprechen. Bis zum Jahr 2030, in dem wir Herrn Alleine angetroffen haben, sollen gar 30 Millionen Flüchtlinge nach Europa, insbesondere nach Deutschland kommen. Dies beschert uns kinderreiche Familien, in denen zahlreiche Kinder noch einen Segen bedeuten. Eine der größten Herausforderungen wird u. a. sein, ausreichenden Wohnraum für diese Menschen zu beschaffen. Unser fiktives Haus wird dadurch nicht beeinflusst. Es handelt sich schließlich um ein ‚ehrenwertes Haus'.

Tja, unser Herr Alleine hat also im Rückblick zwei Familien, lebt jetzt allerdings schon lange als Single. Er weiß selbst, dass er in keiner Rolle ganz glücklich gewesen war. Aber so ist das Leben.

Fazit der Belegung des fiktiven Hauses im Jahr 2030:

27 Wohnungen mit Singles und alleinstehenden Rentnern

24 Wohnungen mit Eheleuten oder Partnern ohne Kinder

20 Wohnungen mit Familien im klassischen Sinne

14 Wohnungen mit Alleinerziehenden

10 Wohnungen mit Patchwork Familien

3 Wohngemeinschaften

2 Wohnungen mit gleichgeschlechtlichen Partnern

HABEN HUNDE SEELEN?

Der chilenische Nobelpreisträger Pablo Neruda schrieb über seinen toten Hund:

Ich begrub ihn im Garten neben einer alten Maschine.
Aber ich glaube an einen Himmel,
in den ich nicht komme,
doch wo er mich erwartet,
den Fächerschwanz schwenkend,
damit es mir bei meiner Ankunft
nicht an Freundschaft fehle.

Die Einstellung zur Hundehaltung hat sich in den letzten Jahren stark verändert. In meiner Jugend war der Hund vor allem der Liquidator der Knochen des Sonntagsbratens. An den Gartentürchen stand überall ein Schild ‚Achtung bissiger Hund', wobei jeder vorbeigehende Passant von dem Dackelchen mit freudigem Wackeln des Schwänzchens begrüßt wurde. Katzen wurden auf Milch, Mäuse und Wurstpelle programmiert. Die Essensreste verschwanden nicht im Müll, nein, sie wurden von den Haustieren vertilgt. Wo sind die Zeiten, als der Hund in die verschneite Bergwelt mit einer Flasche Rum um den Hals zu den Menschen kam, die in Not waren? Heute bekommen unsere privilegierten Domestiken mageres Fleisch, Leber und andere Köstlichkeiten gemischt mit Gemüse, um ihnen ausreichende Vitamine zuzufügen. Sie werden nach modernster Fachliteratur gehalten. Denn das Fell muss ja glänzen! So viel Aufmerksamkeit macht mich fast neidisch. In einschlägigen Anzeigen oder Werbespots werden die super schlauen niedlichen Hündchen gezeigt. Ihr seelisches Leben wird von teuren Tierärzten, Tiertrainern und sogar Hundepsychologen begleitet.

Durch diese Werbung entsteht ein ungewöhnlicher Boom nach Welpen. Bei deren Anblick schlagen die Kinderherzen höher und der Wunsch nach so einem Tier steht auf einem Wunschzettel an oberster Stelle. Alle Kinder schwören, dass sie sich um die süßen Tierchen kümmern und ihre Noten künftig in Mathe, Physik, Chemie oder Deutsch durch mehr Fleiß sich radikal verbessern werden.

Hunde sind seit tausenden Jahren die treusten Begleiter der Menschen. Wie es uns allen bekannt ist, stammen sie von Wölfen ab.

Ihre Domestizierung geschah bereits vor fast 100.000 Jahren. Kein anderes Haustier ist uns so ergeben wie der Hund, das älteste Haustier des Menschen.

In rund jedem siebten Haushalt ist ein Hund. Wir unterscheiden zwischen 400 Hunderassen.

Übrigens, nach neusten Erkenntnissen nimmt unser Liebling auch Farben eingeschränkt wahr.

Man muss sich allerdings im Klaren sein, dass ein Hund keinen Partner- oder Kinderersatz darstellt. Man soll den Hund nicht vermenschlichen. Hunde-Joga, Hunde-Dirndl oder bemalte Krallen bedeuten einen dekadenten Unsinn. Hier ist es wichtig, dass das Hündchen in seiner Bewegung nicht eingeschränkt ist. Eine Vermenschlichung des Haustieres schadet dem Vierbeiner. So zum Beispiel, wenn das Herrchen Vegetarier ist, tut man den Hund keinen Gefallen, ihn auch vegan zu füttern. Ein Hund ist ein Fleischfresser, der 60 – 70 % Fleisch in seinem Futter benötigt.

Ein Hund als Neuzugang in der Familie stellt als dann das Leben der Menschen auf den Kopf. Er ist sofort bestrebt, der Rudel Führer zu werden. Leidige Erfahrung diesbezüglich erlebte meine Familie, die sich von einem prächtigen Boxer, namens Peppone, domestizieren ließ. Nach einigen misslungenen Versuchen ihn zu erziehen, lautete der einstimmige Beschluss, dass Peppone eine Hundeschule für Anfänger besuchen soll. Erste Stunde. Unseren Boxer interessierten alle Hundegenossen, nur nicht der Hundetrainer. Auf Befehl „Sitz!" legte sich unsere Intelligenzbestie, wobei auf Anordnung „Platz!" sich mein Boxerchen setzte und mich vorwurfsvoll anschaute. Auch das Kommando „Bei Fuß!" erlebte eine individuelle Interpretation. Peppone lief freudig einen Schritt vor mir. Die anderen Hundebesitzer konnten sich das Grinsen nicht verkneifen. Irgendwann war es dem ‚lernbegierigen'

Boxer zu blöd sich unterordnen zu lassen. Er legte sich auf den Rücken und streckte alle vier Pfoten nach oben. Aufgeregt pustete er seine weichen Bäckchen auf. Seine Mimik drückte tiefe Abneigung zu jeglichen erzieherischen Maßnahmen aus. Nun ja, nicht jede Mensch-Hund-Beziehung ist perfekt. Der liebenswerte Charakter von Peppone überwog.

Zum Glück werden auch die Rechte der Tiere immer stärker gewahrt. Ein Aquarium für die stummen Wesen soll nicht rund sein, um keinen Stress für die Goldfische hervorzurufen. Ein kalifornisches Gesetz aus den Zeiten von Arnold Schwarzenegger besagt, dass man generell keine Eier kaufen soll, wenn die Hühner beim Flügelschlagen die Käfigwand oder andere Artgenossen berühren. Die EU hat endlich im Jahr 2009 entschieden, dass man Tiere zu wahrnehmenden Wesen deklariert. In den USA haben Hunde sogar im Gericht eigene Verteidiger. Bei Scheidung der Herrchen, soll ein Rechtsanwalt entscheiden, bei wem das Hündchen bleiben darf. Man versucht dabei festzustellen, wem der Hund die meiste Zuneigung zeigt.

Sogar die Chinesen, die bislang nur bekundet hatten, ob der Hund oder die Katze süßsauer oder mit Bambussprossen verspeist werden sollen, beginnen mit Verboten die armen Vierbeiner auf den Speiseplan zu bringen.

Wiederum ein Beispiel aus der Hundewelt: Lucky, ein Irish Setter, musste sich einer leichten Operation unterziehen, bei der Komplikationen auftraten und der Patient verstarb. Die Herrchen von Lucky beschuldigten den Veterinär, dass er den Tod des Hündchens verursacht hätte. Die Entschädigung von 300 €, so viel hatte der Irish Setter gekostet, hatte die Familie von Lucky abgelehnt. „Wir haben Lucky wie den eigenen Sohn geliebt", bekundete sie und klagte, dass sie einen enormen seelischen Schaden erlitten hätten. Die Wiedergutmachung belief sich schließlich auf zehntausende Euros. In diesem Falle wurde man nicht als Besitzer des Hundes, sondern als Hinterbliebener bezeichnet.

Eins der wichtigsten Kriterien, das den Menschen angeblich vom Tier unterscheidet, ist nach religiösen Dogmen die Seele.

Was ist die Seele? Gläubige Menschen verstehen die Seele als Bindeglied zwischen Mensch und Gottheit (=Schöpfer). Die Seele ist also der göttlichere Teil des Menschen und sehnt sich nach der Rückkehr zu Gott.

Bereits der altgriechische Philosoph Pythagoras und heute zum Beispiel der Buddhismus sind der Ansicht, dass die Seele nach dem Tod von einem Körper in einen anderen übergeht. Dieser Glaube würde bestätigen, dass die Seele einmal den Körper eines Menschen und ein andermal vielleicht den Körper eines Hundes bewohnen würde (Reinkarnation).

Platon glaubte, dass der Körper für die Seele eine Art von Gefängnis ist. Die Beziehung zwischen Körper und Seele zeichnet sich als gegenseitige Spannung, wobei die Seele immer der erhabene Teil ist.

Descartes vertrat im 17. Jahrhundert die These, dass die Seele in Thalamus (=Sehhügel) im Gehirn zu finden sei. Schon die alten Chinesen nannten den Sehhügel das Himmelauge.

Die Dualität zwischen körperlicher und geistiger Tätigkeit wird heutzutage bestritten. Die Biochemie des Gehirns und des Körpers lässt erkennen, dass es zwischen menschlichem Denken und dem menschlichen Körper nichts Unterschiedliches gibt. Was wiederum bedeutet, dass keine Unterschiede zwischen Mensch und Tier zu verzeichnen sind. Man betrachtet die Seele als eine Quelle des Bewusstseins, der Moral, des Mitgefühls oder der Intelligenz. Wenn sie in die Augen eines Hundes schauen, würden Sie wirklich ernsthaft bezweifeln, dass er eine Seele hat?

Wenn sich im Paradies eine Menschenseele
und eine Hundeseele begegnen,
muss sich die Menschenseele
vor der Hundeseele verneigen.

Aus Sibirien

Dass ein Lebewesen Treue, Freude, oder Schmerz zeigt, finden wir auch bei anderen Geschöpfen. Es existieren Vogel- und Fischarten, die sich lebenslang mit demselben Partner paaren, mit ihm zusammenleben und nach seinem Tod trauern, um kurz danach selbst zu sterben.

Einige Tierarten benehmen sich so, dass wir ihr Verhalten als Mitgefühl oder uneigennütziges, faires Handeln bezeichnen würden. Forscher stellten fest, dass Ratten ihre Artgenossen aus Mausefallen befreiten, auch wenn sie dafür keine Belohnung bekamen. Sie taten es sogar dann, wenn sie sich einen Leckerbissen teilen mussten. Affen befreien ihre Genossen aus einem Käfig, auch wenn sie wissen, dass sie dann mit ihnen ihr Futter teilen müssen.

Uns sind Fälle bekannt, in denen Delfine Menschen vor dem Ertrinken gerettet haben.

Ein verblüffend intelligentes Verhalten offenbaren auch andere Lebewesen, wie zum Beispiel Vögel. In Japan legen Krähen Nüsse auf die Straße, bevorzugt auf Zebrasteifen, um sie durch Autos knacken zu lassen. Bevor sie die geknackten Nüsse einsammeln, warten sie, bis das grüne Licht auf der Verkehrsampel erscheint.

Intelligenz und Fähigkeit zu erlernen, begegnen uns in der Welt der Tiere sehr oft.

In der westlichen Welt stehen uns Hunde, aber auch Katzen und Pferde sehr nahe. Wir versuchen in sie ihre Einzigartigkeit zu projizieren. Sie und einige andere Tiere zeigen Mitgefühl, sowie faires, uneigennütziges Handeln.

Zu unseren Lieblingen haben wir ein inniges Verhältnis. Dabei ignorieren wir die möglichen Gefühle anderer Lebewesen. Stellen wir uns vor, dass ein Haken einer Angel an dem Schnäuzchen eines Hundes festhängt und wir minutenlang an der Angel ziehen. Fühlt und leidet das stumme Wesen des Fisches weniger als unser Liebling?

Nun widmen wir uns noch den außerordentlichen Fähigkeiten eines Hundes. Er besitzt unter anderem einen ausgeprägten Geruchssinn, den wir uns bei der Ausbildung von Polizeihunden zunutze machen. Die

Nasenschleimhaut als Riechorgan des ‚Kommissars auf vier Pfoten' ist mit einer durchschnittlichen Fläche von 151 qcm im Vergleich zu 50 qcm bei der des Menschen überlegen.

Der Hund verfügt über ca. 220.000.000 Riechzellen, während der Mensch lediglich 5.000.000 davon nachweisen kann. Das Aufspüren von Rauschgift, Sprengstoff, Leichen und Geldscheinen macht den Polizeihund, meistens sind es Schäferhunde, unentbehrlich. Dagegen werden überwiegend Labradore und Retriever als Therapie- und Assistenzhunde eingesetzt. Durch die enge Zusammenarbeit zwischen Mensch und Hund entsteht eine starke soziale Bindung. Bei den Therapie- und Assistenzhunden werden die ausgefallenen Sinn/oder Körperfunktionen des Menschen durch den Hund ersetzt.

Übrigens, ausgediente Polizeihunde in Berlin gehen mit 8 Jahren in Rente. Die Stadt hat für sie 80.000 Euro pro Jahr bereitgestellt.

Der Hund ist der sechste Sinn des Menschen.

Christian Friedrich Hebel

Hunde und andere beseelte Wesen der nicht menschlichen Art empfinden Angst und Freude. Die Aussage: ‚Sie sind wie Tiere', also böse, ist grundsätzlich falsch. Tiere hegen im Gegensatz zu Menschen keine negativen Gefühle wie Grausamkeit oder Feindseligkeit. Sie töten nur, um am Leben zu bleiben, es ist also ein reiner Selbsterhaltungstrieb.

Im Gegensatz dazu handelt die menschliche Rasse aufgrund negativer seelischer Attribute und Taten, unter anderem Hass, Feindschaft, Missgunst, Groll und Töten aus niedrigen Bewegungsgründen. Unmoralische Handlungen, die sich in Gewalt, Grausamkeit, Folter oder Völkermord manifestieren, sind ausschließlich dem Menschen vorbehalten.

Hunde haben alle guten Eigenschaften des Menschen,
ohne gleichzeitig seine Fehler zu besitzen.

Friedrich 2. der Große

SILBERNE TSUNAMI

Wir schreiben das Jahr 2030. Thomas Baumann wurde zum Terroristen und es geht ihm ausgezeichnet dabei. Er ist eigentlich ein braver Bürger mit einem akademischen Titel. Vor ein paar Jahren wäre niemand, der ihn bisher kannte, auf den Gedanken gekommen, dass er jemals Banken und Apotheken überfallen würde und in der Lage wäre, reiche Geschäftsleute zu entführen.

Aber die Zeiten haben sich geändert, sie haben sich drastisch verschlechtert. Mit 73 Jahren gehört er zu den Millionen Menschen, deren bittere Schicksale mittlerweile so geläufig sind, dass man über sie bereits vor langer Zeit aufgehört hat zu sprechen oder in den Zeitungen darüber zu schreiben. Wen interessiert schon ein grauhaariger Heimatloser, der wie ein Drittel der deutschen Rentner unter der Armutsgrenze lebt? Dieser Umstand ließ schockierende Zustände folgen. Zum Beispiel wurde das Schiller-Theater in Berlin in ein Notquartier für bedürftige Rentner umfunktioniert. Nachdem als Konsequenz der Überalterung der Bevölkerung das Rentensystem kollabiert war, besaß der Staat anscheinend keine ausreichenden Mittel mehr, um sich um alte und bedürftige Menschen zu kümmern. Noch nicht mal so viel Geld war im Staatssäckel, dass jeder alte Bürger eine einheitliche Rente von 580 € bekam.

Alterspflege ist ein Luxus, den sich nur Reiche leisten können. Die Altersversicherungen bieten den Klienten freiwillige vorzeitige Sterbehilfen an. Die Krankenversicherungen verordnen den alten Menschen nur untaugliche Medikamente mit negativen Nebenwirkungen. Damit ist der schnellere Abgang von dieser Welt gewährleistet. Rentner sind auf den blühenden Schwarzmarkt mit Arzneimitteln von hoher Qualität angewiesen. Kein Wunder, dass Renten-Gangs Apotheken überfallen.

Der Kollaps des Gesundheitssystems zerstörte den Traum von Rüdiger Baumann über ein glückliches Alter. Als er 2028 in die Rente ging, wurde seine Frau krank. Retten konnte sie nur eine Operation. Vor einigen Jahren wäre das kein Problem gewesen, da beide fleißig in die

Rentenkasse eingezahlt hatten. Aber die Situation hat sich gravierend verändert. Die Versicherung verhängt – zwar sehr höflich deklariert – über Frau Baumann ein Todesurteil, da sie nicht für die Kosten der Operation aufkommt. Frau Baumann sei zu alt und nach den neuen Anweisungen der Krankenkassen müsse sie die Kosten für diese Operation selbst tragen. Die Eheleute verkaufen ihr Häuschen, um die Behandlungen im Krankenhaus zu zahlen - es ist jedoch zu spät. Aus Thomas Baumann wird ein Witwer, ohne Haus und ohne Habe. Zuerst lebt er auf der Straße, dann beschließt er sein Schicksal in die eigenen Hände zu nehmen.

Verpfusche nicht das Finale deines Lebens.

Anton Pawlowitsch Tschechow

Jedoch zurück in die Gegenwart.

Ich genieße es auf einer Bank zu sitzen und die vorbei spazierenden Passanten zu beobachten. In meinem Kopf schwirren grübelnde Gedanken, umher welche Schicksale diese Menschen wohl zu erleiden hatten. Zu immer gleichen Zeit nehme ich einen älteren grauhaarigen Herrn wahr, der konzentriert von einem Abfalleimer zum anderen schlürft, hineinschaut, leere Flaschen herausholt und in seiner Plastiktüte verschwinden lässt. Nein, er ist kein Obdachloser, sondern ein gepflegter, jedoch offensichtlich mittelloser Rentner. Ich schäme mich für meine wohlhabenden Mitmenschen, die gleichgültig an den vielen alten, traurigen, vom langen Leben zerfurchten Gesichtern der alten Mitmenschen vorbeigehen. Die karge Rente reicht nicht einmal zum würdigen Dasein. Ich beobachte immer wieder solche Mitleid erregenden Menschen, die sich als Straßenmusiker oder Fensterreiniger ein Zubrot verdienen. Alte gebeugte Frauen, die sicherlich viele Kinder geboren haben, verkaufen mit zittrigen Händen kleine Blumensträußchen und betteln sogar, umso so ihre Rente aufzubessern. Ich befürchte, dass wir solch traurige leidvolle Bilder in Zukunft öfter sehen werden.

Wie es unserer Gesellschaft und besonders unseren Politikern ausreichend bekannt sein dürfte, jedoch kaum beachtet wird, wird unsere

Population im Schnitt immer älter. Die Fortschritte in der Medizin, gute Ernährung und ein allgemein gesünderer Lebensstil führen zu diesem Phänomen.

Ja, Jogurt und joggen tun das Ihrige. Gewaltiges Kopfzerbrechen sollte unserer Gesellschaft die Rentenfinanzierung bereiten und die Anpassung unserer Lebensweise an die eklatant wachsende Zahl der ‚Gruftis'. Wir stellen leider fest, dass in den meisten Bereichen des Lebens die ständig schrumpfende junge Bevölkerungsschicht bevorzugt wird. Aus den Fernseh-Reklame-Spots lächeln uns junge, hübsche Gesichter an. Lediglich die Prostata-Arzneien oder Klebepaste für die Haftung der dritten Zähne werden von älteren, aber natürlich noch sehr attraktiven Modells für die älteren Konsumenten ausgestrahlt. Ähnlich verhält es sich mit der Auswahl der TV-Programme. Obwohl ältere Zuschauer im Schnitt 190 Stunden im Monat fernsehen, im Gegensatz zu 115 Stunden des jüngeren Publikums, wird das Programm nicht für die ältere Generation ausgewählt. Ein sehr großer Teil der ausgestrahlten Sendungen ist übermäßig schnell und flippig synchronisiert - das soll wohl sehr witzig sein - in einer Sprache, die die ältere Generation nicht mehr ihr Eigen nennt. Daher würde ich mir einen Senioren-Kanal wünschen, der an die Bedürfnisse der älteren Zuschauer angepasst ist. Er könnte enthalten: Informationen über alternative Behandlungsmethoden zur Linderung chronischer Schmerzen, Rezepte für eine leichte, altersgerechte Ernährung, Ratschläge, wie man der Einsamkeit entfliehen und wo man sich als alter Mensch in vielen Lebenslagen generell Hilfe holen kann. Das alles in einer deutlichen und klaren Sprechweise der Moderatoren und nicht in dem ewigen unverständlichen Nuscheln, das wohl sehr cool zu sein scheint.

So wäre es auch lobenswert, wenn einige Lebensbereiche in der Zukunft altersgemäß ausgestattet würden, dass Kaufhäuser, die Hangar artige mäßige XXXL Ausmaßen haben, von der Einkaufslandschaft verschwinden würden, da es körperlich so sehr anstrengend ist, sie durchzulaufen. Ich würde mir für den älteren Kunden mehr Sitzoasen wünschen, denn in den meisten Kaufhäusern hat man als alter Mensch heutzutage keine Chance, sich mal kurz auszuruhen. Die Fußböden sind zu glatt und deswegen zu gefährlich für einen betagten Körper. Die Inschriften und Warenbeschreibungen könnten über größere Buchstaben verfügen. Die gängigen Waren in den Supermärkten sollten in Augenhöhe postiert sein und es wäre schön, wenn die Zukunft größere Verkehrszeichen, respektive deutlichere Straßenmarkierungen bringen würde, die zu mehr Sicherheit im Verkehr beitrügen.

Ein bekannter Autokonzern hat experimentell ein Laufband für ältere Mitarbeiter installiert. Es berücksichtigt etwaige Rückenschmerzen, die Beleuchtung ist intensiver, kurze Sitzpausen sind eingeplant, und siehe da, die Arbeitsproduktivität hinkt nicht mehr der jüngeren Arbeitnehmer hinterher. Die Erfahrung, der Fleiß und die Zuverlässigkeit der alten Generation sind dabei ein wesentlicher Faktor.

Je länger eine gute Geige gespielt wird,
desto schöner ist der Ton.

Deutsches Sprichwort

Als regelmäßiger Fitness-Center-Besucher wünsche ich mir Geräte auf hydraulischer Basis, die sich auf die Gelenke der älteren Übungsteilnehmer schonend auswirken.

Die liebste Freizeitbeschäftigung der Deutschen sind Urlaubsreisen. Rentner gehören zum Kreis der dankbarsten Kunden dieses Industriezweigs. Sie verfügen über ein geregeltes Einkommen und sind bereit ihr Geld auszugeben. Einer der wichtigsten Voraussetzungen an den Stränden und Seen wäre beispielsweise ein altersgerechter Einstieg in das Wasser, keine hohen Kletterstangen und steinig-felsigen Bereiche an den Ufern. Eine weitere Grundvoraussetzung eines unbekümmerten Urlaubs unserer Senioren ist eine gute ärztliche Versorgung vor Ort.

Ja, unsere Noch-Wohlstandsgesellschaft mutiert in eine Altersgesellschaft. Demoskopen errechneten für die nicht allzu weit entfernte Zukunft die Anzahl der fünfzigjährigen und noch älteren Bürger mit fast 50 %. Diese Entwicklung stellt uns vor ein kaum lösbares Problem hinsichtlich der Pflege, Betreuung und Finanzierung dieser überalterten Gesellschaft.

Die nächste negative Prophezeiung betrifft konsequenterweise die Renten. In der nicht ferneren Zukunft wird 1/3 der Rentner am Existenzminimum knapsen. Krankenkassen, wie bereits erwähnt, werden nicht mehr in der Lage sein, die wachsende Alterspflege zu finanzieren. Man predigt der heutigen jüngeren Gesellschaft sich unbedingt durch zusätzliche Versicherungen für die Zukunft abzusichern, aber dabei vergisst man, dass bereits heute viele Erwerbstätige dazu überhaupt nicht in der Lage sind. Man denke an die vielen gering verdienende Alleinerziehende – die noch durch die Steuerklasse I auf ungerechte Weise sehr hoch besteuert werden. Man denke an alleinstehende ältere Frauen, Kranke, Arbeitslose, Handwerker, Migranten und Menschen mit niedrigen Bildungsabschlüssen. All sie werden nicht im Stande sein, eine zusätzliche Altersversorgung zu finanzieren.

Es scheint nicht abwegig sich vorzustellen, dass künftig Senioren Apotheken ausrauben werden, um so an dringend gebrauchte Medikamente zu gelangen, die sie sich sonst nicht leisten können.

Es ist wie ein „Silberner Tsunami" der auf unsere Gesellschaft zusteuert!

Eine würdige Versorgung der Ruheständler wird in Zukunft auf Kosten einer verbesserten Bildung unserer Kinder gehen. Auch werden die Ausstattungen und der Bau neuer Kitas darunter leiden. Nicht zu vergessen wäre die junge Generation, die das alles stemmen soll. Ich möchte kein negatives Szenario aufzeichnen, Generationskonflikte jedoch könnten eine schaurige Perspektive in der nicht allzu fernen Zukunft in unserem Land sein.

Die heutige Jugend ist grässlich.
Sie hat nicht den geringsten Respekt vor gefärbten Haaren.

Oskar Wilde

Zurzeit begegnen wir einer Entwicklung, in der die Alten von der Gesellschaft in die Anonymität der Alten- und Pflegeheime abgeschoben werden. Diesbezüglich bleibt uns die Frage: Wie können sich die Altenbürger gegen das Abschieben auf das Abstellgleis in der Gesellschaft wehren? Da die politischen Parteien die alten Menschen in ihren Programmen mehr oder weniger ignorieren und nur kurz vor den Wahlen eine unbedeutende Rentenerhöhung von ‚großzügigen' 1 % beschließen, wäre eine politische Lösung zu Gunsten die grauhaarigen Wähler wünschenswert. Wenn wir uns ausmalen, dass in ca. zwei Jahrzehnten in Europa die Hälfte der Bevölkerung älter als 55 Jahre sein wird, können wir uns leicht die politische Kraft dieser Bevölkerungsschicht vorstellen. Gleichzeitig ist bekannt, dass die jungen Menschen zunehmend apolitisch werden. Es ist nicht abwegig, dass sich eine Partei der ‚Grauen' in unserer politischen Landschaft etablieren und so ihre berechtigten Forderungen durchsetzen wird.

Geld und Lachen können
das Alter zur Jugend machen.

Talmud

Als Beispiel einer vorbildlichen Altersversorgung gilt die Schweiz. Bereits vor 50 Jahren wird dort ein ‚Cappuccino-Rentenmodel' entwickelt. Zur staatlichen Grundversorgung kommt eine staatlich geförderte, aber obligatorische Privatversicherung, dazu noch eine steuerlich entlastete Privatlebensversicherung. Alle Bürger zahlen in die Grundversicherung ein, Freiberufler wie auch Angestellte und Beamte. Interessant erscheint auch die Tatsache, dass die Eidgenossen länger im Beruf bleiben und sind, was die demografischen Probleme angeht, viel gelassener sind. Ein ähnliches Konzept wurde auch in Schweden entwickelt.

Nun aber zurück in das ‚arme' Deutschland. Die durchschnittliche Rente in unserem Musterland beträgt 1.050 €. Wenn man bereits schon bei bereits 780 € Rente ist man laut Gesetzesordnung nicht mehr arm. Die Armutsgrenze beträgt 760 €. Diese unmenschlichen bürokratischen Gesetze verursachen die zurzeit immer stärker steigende Altersarmut.

Wenn man bedenkt, dass eine kleine Wohnung in bestimmten Gegenden bereits zwischen 700 und 900 € kostet, ist diese Verordnung doch ein Hohn. Ich kenne alte Menschen, denen es schwerfällt, 5 € als Rezeptzuzahlung zu den Medikamenten zu leisten, da sie nicht zu den Menschen gehören, die eine Freistellung für diese Zahlungen erhalten. Was aber die meisten unserer Bürger nicht wissen, ist die Tatsache, dass die Patienten, die von dem Beitrag befreit sind, am Jahresanfang 120 € entrichten müssen, um die Freistellung über das restliche Jahr in Anspruch nehmen zu können. Und diese Summe dann bei einer Rente von nur ein paar hundert Euro - das ist ein Hohn!

Während 1990 Rentner im Schnitt noch 55 % des letzten aktuellen Einkommens bekamen, sind es gegenwärtig nur noch 47,8 % mit sinkender Tendenz.

Wenn wir in unser Nachbarland Österreich schauen, stellen wir fest, dass dort die Rentner, sogenannte Pensionäre, 14 Jahresbezüge erhalten, wobei sie durchschnittlich auf 1.560 € Rente im Monat kommen! Das generelle Rentenniveau liegt ebenfalls höher. So rechnen die Österreicher langfristig mit 68 % des Durchschnittseinkommens.

Geben sie dem Arbeiter das Recht
auf Arbeit solange er gesund ist,
sichern sie ihm Pflege,
wenn er krank ist,
sichern sie ihm Versorgung,
wenn er alt ist.

Fürst von Bismarck

ZEBRECHLICHE BLUME

*Erst mit der Zeit lernt man,
sich Zeit zu lassen*

Klaus Klages

In die Fenster schaut neugierig die Sonne hinein. Ich frühstücke dunkles Brot, bestrichen mit Diät-Marmelade und schlürfe dazu grünen Tee. Dann lasse ich mir einen Medikamenten-Cocktail mit Vitamin C schmecken.

Ein ganzes lang Leben habe ich mit meiner Gesundheit hasardiert und jetzt versuche ich das sinkende Schiff zu retten. Ich beklage mich nicht. Mein Telefon klingelt immer seltener. Niemand braucht mich mehr. Wenn ich wenigstens Opa wäre und mich spielerisch für kurze Zeit in die Kindheit zurückversetzen könnte.

Mittags beiße ich in Kohlehydratarmes Brot, das wie Kunstharz schmeckt und mit einer Scheibe geschmacklosem Käse belegt ist. Dabei denke ich an eine glänzende, saftige Fleischwurst.

Mit fortgeschrittenem Alter nimmt der Gebrauch von Schimpfworten zu. Es ist die Bitterkeit der verlorenen Jugend. Wenn ich mich dabei erwische, dass ich kritisiere, belehre, verurteile, beratschlage, ermahne oder erinnere, möchte ich mich am liebsten ohrfeigen. Jede Begegnung mit Jemandem, der trotz vieler Jahrzehnte auf dem Buckel freundlich lächelt, begrüße ich als einen Boten guter Nachrichten. Der ganze Tag ist für mich schön, wenn ich einen alten Mann sehe, der lustig pfeift oder einen Schlager aus meiner Jugend singt.

Ja, das Alter. Ich glaube fest, dass sich der Zustand der Seele in das Gesicht und auch in die Taten des Menschen überträgt. Wenn ich mich mit einigen jungen Menschen unterhalte, habe ich oft den Eindruck, dass sie viel älter sind, als sie aussehen. Andererseits begegne ich alten Mütterchen, wie sie humpelnd ihren Rollator vor sich herschieben. Trotz aller Leiden haben sie ein Lächeln im Gesicht.

Vor einer Bäckerei saß ein geschecktes Hündchen, eine lustige Promenadenmischung, er war dort angebunden. Das Tierchen fixierte voll konzentriert mit seinem Blick den Eingang des Ladens. Seine Freude war maßlos, als sich sein altes Frauchen humpelnd zu ihm begab. Sie kommunizierten liebevoll miteinander. Dann hob das Mütterchen seinem Blick zu mir und sagte mit freundlicher Stimme: „Warum so trübselig, mein Herr, der Tag ist schön und in der Bäckerei können sie ein frisches, duftendes Brot bekommen".

Das ist die wirkliche Poesie des Lebens. Ich mag nicht diejenigen, die schelten und schimpfen auf die verdorbene Welt, die unmoralische Jugend, das schlechte Wetter, auf Kinder und alles, was anders ist, als sie es sich vorgestellt haben. Die Verbohrtheit verbreitet sich wie eine Infektion. Es gibt Länder, zum Beispiel die Vereinigten Staaten, wo Menschen auf die Frage: „Wie geht es dir?" immer antworten: „Gut".

Das sagen die Alten, die Jungen, die Gesunden und auch die Kranken. Wenn wir bei uns dieselbe Frage stellen, erfahren wir die ganze Diagnose und, dass das Ende der Welt naht.

Es gibt Tage, an denen ich auch Trübsal blase. Manchmal sage ich mir, dass ich meine Souveränität nur vortäusche. Ich bin einer von der alten Garde, die in Parks, Straßen oder im Wald zu sehen sind. Sie schleppen sich entlang einer Mauer oder am Rand des Weges. Sie wollen nicht denen im Weg stehen, die schnelleren Schrittes laufen, vielleicht auch aus Scham, dass sie nicht mehr jung und schön sind. In ihren tiefliegenden Augen spiegeln sich Erinnerungen und die Falten in den Gesichtern werden tiefer. Die Knie knacken, der Rücken schmerzt. Die grauen Haare haben ihren Glanz verloren. Die Haut am Hals ist voll Falten und sieht aus wie ein Stück zerknautschter Stoff. Auf die grauen Köpfe fällt Herbstlaub. Rentner! Ihre Genossen sind Enkelkinder, Hunde und Krücken. Die ‚blühende' Welt schaut auf sie wie auf nutzlosen Trödel oder eine unfruchtbare Landschaft, an denen man vorbeigeht, ohne dass man die stille Trauer bemerkt. Ja, diese Geschöpfe buhlen um die Liebe der Enkelkinder, der Hunde und Katzen. Sie streuen den Vögelchen Futter und vertreiben den ewigen Gast – die Einsamkeit. In Cafés schlürfen sie ihren Cappuccino und gedenken der bereits gegangenen

Bekannten. Sie bleiben bei ihren alten Liebschaften, Gewohnheiten, Aberglauben und Vorurteilen. Sie schimpfen auf die Politik, wundern sich über die neue Mode, schütteln verständnislos ihre grauen Köpfe über die modernen sozialen Netzwerke und entstauben vergilbte Fotografien. In der Ecke schweigt ein altes, kaputtes Grammophon. Aus den armseligen vier Wänden haucht es, wie schön wäre es, eine höhere Rente zu beziehen, um sich ein Ein-Bett-Zimmer im Altersheim leisten zu können. Sie schlurfen mühsam durch die Gegend, als ob sie sich für die abgetragenen Mäntel und selbst reparierten Brillen schämen müssten.

Lasst uns ihren mürrischen Launen, ihr Schweigen oder ihre Stimmungen verzeihen. Ihre Wege führen nicht in die Weiten der Hoffnung, sondern in die Warteräume der Arztpraxen oder Krankenhäuser. Last uns zu ihnen freundlich sein.

Alter ist eine zerbrechliche Blume, verletzlich und wehrlos.

Der zweite Frühling kommt mit den dritten Zähnen.

Walter Matthau

OFFLINE?

Die schöne neue Online-Welt:
Ich bin verbunden, also existiere ich.

Helmut Glaßl

Seit Beginn dieses Jahrhunderts ist das Internet ein zentraler Bestandteil unserer Welt geworden.

Der Gang der Welt ist vom Internet abhängig, ohne dass es uns bewusst ist. Wir würden es erst dann merken, wenn es aufhört zu funktionieren.

Bereits nach ein paar Stunden stoppten Logistik und Handel. Nach weiteren Tagen fiele der Strom aus, weil Kraftwerke über das Netz gesteuert werden.

Zu große Datenmengen und rapide steigende Nutzerzahlen könnten bewirken, dass bis zum Jahr 2022 das Internet vor dem Aus stehen würde.

Den Leser könnte interessieren, in welchem Maß uns das unsichtbare Netz fest im Griff hat. Paradox klingt die Tatsache, dass es fast niemand erfahren würde. Deshalb würden zuerst keine Ausbrüche von Panik aufkommen, keine Beschwerden. Übrigens gäbe es auch niemanden, der diese überbringen könnte.

Wir würden wieder Briefe schreiben lernen, möglichst mit korrekter Orthographie und Grammatik.

Im Grunde würde Ruhe herrschen, weil niemand wissen könnte, dass die Welt in die Brüche geht. Die Informationslawine würde einfrieren. Millionen Nutzer könnten nicht auf Daten zurückgreifen.

Hätten unsere Vorfahren im 15. Jahrhundert die tägliche Fülle an Informationen verarbeiten müssen, wie wir heutzutage, wären sie sicherlich ein ganzes Leben damit beschäftigt gewesen. Nur feste Telefonlinien würden existieren. Eine nicht unerhebliche Anzahl von

Menschen, die arbeitsmäßig an das Netz angeschlossen waren, würde arbeitslos werden.

Vergessen Sie YouTube. Im Wohnzimmer ist ein Gerät, das Fernseher heißt. Diejenigen, die auf dem Dachboden eine Antenne herausgekramt haben, könnten begrenzt Fernsehen.

Vergessen Sie iTunes, greifen Sie lieber zu verstaubten Schallplatten oder CDs.

Die Fluggesellschaften müssten ‚über Nacht' wieder zurückkehren zum klassischen Ausstellen der Flugtickets.

Der Verlust der elektronischen Data Basen von Patienten brächte den Ärzten Probleme.

Viele Firmen wären am Anfang der Krise nicht in der Lage Rechnungen auszuschreiben. Rechner, die jede Transaktion notierten, könnten keine Signale in die Lager schicken.

Globalisierung fände ein baldiges Ende. Für Geschäftsleute wäre es einfacher, die Waren bei Herstellern aus der Region zu suchen. Das gute Telefon und das Fax kämen verstärkt zum Einsatz.

Also keine Internet Nachrichten, kein Server, Facebook oder Twitter. Donald Trump könnte keine dümmlichen Nachrichten mehr verbreiten.

Nach einigen Tagen würde Panik ausbrechen. Selbstverständlich wegen des Geldes. Kein Online-Banking. Menschen benötigten wieder vermehrt Bargeld. Darüber hinaus müsste man wegen jeder Kleinigkeit zur Bank gehen. Vor den Banken ständen Schlangen. Dies wäre ein Signal für die Vorbeigehenden, sich auch anzustellen. Aus Sicherheit würden sie ihre Ersparnisse abheben. Millionen Nutzer könnten nicht mehr auf ihre Daten zugreifen.

Das alles wegen eines Netzwerks, das nicht zu sehen ist! Die Vorinternet Zeiten liegen zwar nur ein paar Jahre zurück, aber die Beamten müssten wieder lernen, administrative Arbeiten nach alter Weise zu erledigen. Millionen Benutzer könnten nicht mehr auf ihre Daten zugreifen. An der Börse würden Verbindungen zu Kunden geklappt.

Sogenannte ‚fake news' könnte man, Gott sei Dank, nicht mehr schicken und so unkritische Empfänger nicht manipulieren. Falschmeldungen, vorgetäuschte Nachrichten, Lügenmeldungen oder alternative Fakten würden nicht mehr verbreitet.

An dieser Stelle möchte ich die Visionen von einer Zeit ohne Internet beenden. Ich beschäftigte mich damit, um zu zeigen, wie abhängig wir sind. Heutzutage deckt das Internet für 40 % des gesamten Betriebs ab. Um das Jahr 2020 müssten 212 Milliarden Objekte dort angeschlossen sein. Der online-Betrieb würde 22-mal höher sein als heute. Allein Facebook hat 1,4 Milliarden Nutzer. Data sind die Rohstoffe des 21. Jahrhunderts. Man rechnet mit einem Wachstum der Daten von 25 % pro Jahr. Die Online lebenden web alcoholics jedoch beginnen sich langweilen, bekommen schlechte Laune, sind nervös, reizbar, leiden an Schlaflosigkeit. Sie vernachlässigen reale Beziehungen, Hobbys, Ausbildung, Job oder Studium. Große Gefahr liegt allerdings nicht im blackout, im Gegenteil: Wenn das Internet funktioniert und alles miteinander vernetzt ist, gibt es auch mehr Möglichkeiten für Cyberkriminelle, Hacker und Datensammler.

Es müsste ein vernünftiger Umgang mit den digitalen Medien gewährleistet sein. Keine Flucht aus dem realen Leben. Keine Misserfolge und Leistungsbeeinträchtigungen in der Schule. Negative Folgen von Internetsucht sind: körperlicher Art, wie Rückenschmerzen, Augenleiden; sozialer Art, wie keine oder geringe reale Kontakte; oder schließlich psychischer Art, wie schlechte Laune, Reizbarkeit, Nervosität etc.

Positive Folgen eines Blackouts würden allerdings auch registriert. „Hurra!", würden viele Eltern rufen, denn endlich kann der Spross draußen an der frischen Luft spielen und Zeit für Lesen haben, anstatt sich dämliche Spiele, die oft Gewalt propagieren, im Internet herunterzuladen. Das christliche Gebot: „Du sollst nicht töten!" wird in jedem zweiten Computerspiel gebrochen.

Ich verweile in einem Caféhaus und beobachte ich ein junges verliebtes Pärchen, das sich gegenüber sitzt, sich ab und zu anlächelt, aber sonst vertieft mit den Smartphones hantiert. Befürchten sie vielleicht, dass ihnen etwas entgeht?

Zwei Jungs, die befreundet sind, wohnen nur 200 Meter voneinander entfernt. Trotzdem treffen sie sich nicht, sondern kommunizieren durch das Internet miteinander. Bei einem virtuellen Kontakt behält man die Kontrolle, denn wenn einem etwas nicht passt, was der andere mitteilt, kann man sich ausloggen.

Die Kommunikation über den PC Bildschirm kann doch nicht ein vis-à-vis Gespräch ersetzen. Der Kollaps des Internets würde also bedeuten, dass wir zum Beispiel wieder mit dem Nachbarn ein wenig plaudern würden.

Und diese Dinger, mit den vielen Papieren zwischen zwei Deckeln, nennt man Bücher und die kann man häufiger lesen. Nur anklicken können Sie diese nicht. Vielleicht schauen Sie nach, ob Ihre Frau/Freundin eventuell noch da ist, denn Sex macht auch in realen Leben Spaß. Treffen Sie echte Freunde. Vergessen Sie Twitter, schicken Sie mal eine Postkarte.

2014 haben ein Viertel der Sechs- bis Siebenjährigen bereits erste Erfahrungen mit dem Internet gemacht. Mehr als die Hälfte der Achtjährigen ist bereits Online. Rund 300.000 Kinder und Jugendliche nutzen das Internet exzessiv.

Die Empfehlungen für den vernünftigen Umgang mit dem Internet lauten: 7 – 10 -Jährige 45 Minuten, bis 13-Jährige 1 Stunde, ab 14 Jahre 1,5 Stunden.

Das Internet bietet Kindern die Möglichkeit, ihre Alltagssorgen zu vergessen und in eine andere Welt abzutauchen. Schreiben ist viel anonymer als Sprechen.

Was fasziniert Kinder und Jugendliche am sozialen Netzwerk:

Ein eigenes Profil herstellen,

wie reagieren darauf die Anderen,

sich präsentieren (solche Spielwiesen bieten Angriffsfläche für Mobber), quatschen,

sich über Musik und Filme unterhalten,

neue Leute online kennenlernen,

Fotos zeigen,

über Liebeskummer und Eltern jammern,

Blödsinn aushecken.

Hier gibt es allerdings keine Patentrezepte, jedes Kind ist anders.

Das generelle Problem ist: Ein Buch hat 200 Seiten, der Film ist nach 2 Stunden vorbei, aber im Internet ist immer etwas los.

Zuletzt möchte ich einige Gedanken zur Internet-Sprache äußern. Hier beobachten wir eine Entwicklung in ein stenotypisches Kürzelkonstrukt. Von 140 Zeichen auf Twitter folgende Beispiele:

lol - laughing on loudly,

HAND – „Have a nice day",

KB – „Kein Bock",

BM - „Bis morgen",

We – Wochenende, etc.

F2F – Face to Face

Also: unvollständige Sätze, Kürzel, Rechtschreibanarchie, keine Achtung auf Grammatik...

Da sage ich nur: omg – „Oh, mein Gott!"

SCHNELLER, AUSDAUERNDER ...

Das Stadion „Unter den Linden" in Berlin ist von unzähligen Zuschauern umrahmt. Der Läufer nähert sich dem Brandenburger Tor. Das Zielband erwartet ihn.

Hinter ihm fährt ein Wagen, auf dessen Dach eine überdimensionale Zeitmessung gerade auf 2:01,33 überspringt. Wilson Kipsang läuft leichtfüßig, man kann eine Symphonie der Beine und Arme, sowie seine Freude am Laufen bewundern. Der kenianische Wunderläufer nähert sich dem Ziel.

Plötzlich, nicht ganze 10 Meter vor Kipsang, springt ein junger Mann im bunten Trikot über die Absperrung und läuft locker mit gehobenen Armen und siegreichem Lachen. Er trennt das breite Zielband und verschwindet in der begeisterten Menge. Im Schlepptau erreicht der Kenianer das Ziel. Sein Gesicht, gezeichnet durch 2 Stunden Plagerei und Anstrengungen, drückt zuerst Unverständnis aus, bis es dann aufhellt und ein unsicheres Lächeln seine Gesichtszüge entspannt.

Weltrekord : 2:03,20.

Die Geschichte des Marathons begann 490 v.Ch. nach der Schlacht bei Marathon. Athener errangen einen Sieg über die Perser. Die Legende besagt, dass der Bote Pheidippides die Nachricht über die siegreiche Schlacht in das 40 Kilometer (genau 42 Kilometer 195 Meter) entfernte Athen brachte. Er sollte dann dort vor Erschöpfung gestorben sein.

Übrigens die ersten Olympischen Spiele der Antike fanden 776 v. Chr. statt.

Seit dem Beginn der modernen Olympischen Spiele 1896 steht ein Marathon-Lauf auf dem Programm. Während dieser langen Tradition waren oft kuriose Vorkommnisse an der Tagesordnung und das nicht nur beim Marathonlauf.

In den ersten neuzeitlichen Olympischen Spielen 1896 siegte in dieser anspruchsvollen Sport Disziplin ein griechischer Bauernsohn, ein gewisser Spyridon Louis. Sein Beruf wurde als Wasserträger angegeben. Nach der Hälfte der Strecke kehrte er in einem Wirtshaus ein und trank einen Becher Wein. (Man munkelt, dass es Cognac war), bevor er seinen Lauf fortsetzte. Der König hatte ihm für diesen Sieg seinen Wunsch erfüllt und ihm ein Pferd mit einem Karren geschenkt.

Man schrieb das Jahr 1904. In St. Louis, dem Austragungsort der dritten Olympischen Spiele, hatten zwei Läufer aus dem Zululand das Ziel erreicht. Ein Mashiani hätte sicherlich am Ende dieses Rennens eine bessere Platzierung als den zwölften Platz erreicht, hätten ihn nicht zwei Hunde durch ein Weizenfeld gejagt. Vermeidlicher Sieger wurde der Amerikaner Fred Lorz. Bei der Siegerehrung flog der Schwindel auf, denn dieser Sportler hatte sich nach Muskelkrämpfen von einem vorbeifahrenden Wagen mitnehmen lassen. Als der Wagen kurioserweise seinen Geist aufgegeben hatte, lief Lorz alleine weiter. Fred wollte den Jubel im Ziel genießen. Unterwegs verabreichte ihm sein Trainer einen Cocktail, der Strychnin, ein rohes Ei und viel Brandy beinhaltete. Offensichtlich putschte ihn dieses Gebräu zu dieser beeindruckenden Leistung auf.

1906 in Athen galten die Spiele als inoffiziell, da nicht vier, sondern nur zwei Jahre seit den vorherigen Spielen vergangen waren. Eine überlieferte Szene dieses Ereignisses ist: 35 Meter vor dem Ziel des Marathon-Laufes ging der völlig verkrampfte und erschöpfte Italiener Dorando Pietri insgesamt fünfmal zu Boden. Aus Mitleid stützten die Ordner den Läufer ins Ziel. Da das allerdings nicht den Regularien entsprach, wurde Pietri wegen fremder Hilfe disqualifiziert.

1908 in London gewann der Amerikaner Forrest Smithon Gold im 110 Meter Hindernis-Rennen. Während des Laufs hielt er in seiner linken Hand eine Bibel.

In der Sportart Ringen gab es 1912 in Stockholm noch keine Regeln. Daher kämpften zwei Ringer ununterbrochen 9 Stunden lang, wobei sie sich meistens nur scharf in die Augen schauten.

1960 in Rom gewann der Äthiopier Abebe Bikila den Marathon, der sein Rennen durch die Straßen barfuß bestritt.

Natürlich verbesserten sich im Laufe der Jahre kontinuierlich die Trainingsmethoden. Auch die Ernährung, die ärztliche Versorgung und andere leistungsfördernde Faktoren, wie zum Beispiel die Qualität der Laufbahnen, der Schuhe etc., verhalfen so den Sportlern zu besseren Leistungen.

Wagen wir einen Sprung in das Jahr 2028. In dieser nicht entfernten Zukunft wird vielleicht ein Chinese den Weltrekord in Marathon aufstellen. Trotz einer Auswahl aus 1,5 Milliarden Menschen spielen die Chinesen zurzeit in Laufdisziplinen auf dem internationalen Parkett noch keine Rolle. Vor ein paar Jahren joggte einer meiner Bekannten durch die Straßen Pekings. Die Menschen schauten nicht nur auf ihn, sondern auch hinter ihm um zu sehen, wer ihn wohl verfolgte. Eine solche Menge von Menschen in China müsste doch mehr hervorragende Sportler hervorbringen. Bislang aber besitzt dieses Riesenland keine nennenswerte Infrastruktur europäischer Prägung, sodass es auch noch keine nennenswerten Sportvereine und Sportstätten gibt. Man findet deren junge Talente konzentriert in Internatsschulen mit Schwerpunkt Sport, wobei andere Fächer vernachlässigt werden. Ein fast militärischer Drill herrscht in diesen Einrichtungen.

Leider passiert es, dass Fremde in ein armseliges chinesisches Dorf kommen und den dortigen Kindern Beine, Arme und andere Körperteile vermessen, um festzustellen, für welche Sportart das entsprechende Kind Talente vorweist. So auch ein Junge, der Jung Wen-Djun heißt. Er sollte zu einem Schwimmer ausgebildet werden. „Ich kann doch gar nicht schwimmen und habe Angst vor Wasser", versuchte sich der Junge zu wehren. Letztendlich wurde er zum Olympiasieger getrimmt.

Ähnlich erging es Chen Djun. Wichtig tuende Herren kamen in ihr abgelegenes Dorf. Sie prüften ihren Schulter- und Schenkelumfang, sowie Hände, Füße und Bizeps und teilten ihr mit, dass sie eine Gewichtheberin sein werde. Das arme Kind hatte von dieser Sportart noch nie etwas gehört. Als Talent wurde sie also in eine Sportschule aufgenommen und nach einigen Jahren harten Trainings zur Weltklasse Heberin ausgebildet.

Begabte Kinder werden in China in ‚Schulmaschinen' zu Olympiasiegern getrimmt. Die Mentalität dieses riesigen Volkes kann man als gehorsam, geduldig und diszipliniert bezeichnen. Diese Eigenschaften sind in dieser Kombination kaum auf andere Nationen übertragbar. Die Mentalität beeinflusst teilweise auch die Trainingsmethoden.

Nigeria berief für die Volleyball-Nationalmannschaft einen zusätzlichen chinesischen Co-Trainer. Zu Anfang ließ der gute Mann seine ihm anvertrauten Spieler emotionslos Bälle gegen eine Wand spielen (=Pritschen). Nach einigen Minuten dieses monotonen Drills schauten mich die Spieler (ich war deren Haupttrainer) verständnislos an und fragten mich: „Müssen wir diese stupide Übung mitmachen?" Um die Autorität des chinesischen Kollegen nicht zu untergraben, zuckte ich nur mit den Schultern. Nach weiteren unendlichen Stunden schmetterten die Spieler die Bälle wütend auf den Boden und verweigerten das Training. Der glücklose Ausbilder wurde nach Hause geschickt. Diese stereotype Art von Trainingsmethoden trägt nicht immer Früchte.

Individuelle Sportarten, die man durch enormen Fleiß anzutrainieren vermag, wie Gerätetraining, Schwimmen, Wasserspringen oder Gewichtheben, werden immer häufiger zur chinesischen Domäne.

Die heute typische chinesische Sportart Tischtennis war in China bis 1953 ziemlich unbekannt. Nach Ausschluss von Taiwan (genannt Nationalchina) durch die Tischtennisföderation entstand in China ein Tischtennis Wahn. Bereits nach sechs Jahren errang China die erste Goldmedaille in dieser Sportart.

Die chinesischen Sportfunktionäre konzentrieren ihre Bemühungen um olympische Medaillen auch hauptsächlich auf Disziplinen, in denen keine große Konkurrenz herrscht, wie Taekwondo oder Bogenschießen und neu aufgenommene olympische Sportarten, wie Baseball, resp. Softball. In den zuletzt erwähnten Disziplinen haben sie das Bestreben, ihrem Erzrivalen USA eine saftige Niederlage zufügen.

Sport ist ein gesellschaftliches Phänomen, das politisch ‚ausgeschlachtet' wird. Länder wie insbesondere China, Russland oder Nord-Korea betrachten den Medaillenspiegel als Maßstab für ein erfolgreiches politischen Systems.

Wir Menschen sind nicht nur physiologisch oder physiognomisch verschieden. Auch ist unsere Bewegungskapazität im Sinne von Schnelligkeit, Stärke und Ausdauer unterschiedlich. Welche Faktoren beeinflussen diese Eigenschaften? Im Wesentlichen genetische. Die Muskeln des Menschen bestehen aus verschiedenen Muskelfasern, die sich auch farblich unterscheiden. Die weißen Muskelfasern (=fast twitch muscle) sind dicker, können mehr Kraft entwickeln und kontrahieren (ziehen sich zusammen) schneller, wie zum Beispiel bei Sprintern oder Gewichthebern (großer Umfang der Oberschenkel). Weil sie kaum durchblutet sind, ermüden sie schnell, arbeiten nach kurzer Zeit auf Sauerstoffschuld, das bedeutet, sie übersäuern, der Athlet ermüdet, er ist erschöpft. Weltklasse-Sprinter haben bis zu 90 Prozent weiße Muskelfasern. Neuromuskuläre Koordination und andere Faktoren sind auch noch zu beachten.

Rote Muskelfasern (=slow twitch muscle) sind deutlich dünner. Sie sind besser durchblutet, transportieren mehr Sauerstoff und sind so in der Lage längere Zeit zu kontrahieren, das heißt zu arbeiten. Ausdauersportler wie Langstreckenläufer haben einen deutlich höheren Anteil an roten Muskelfasern. Marathonläufer besitzen bis zu 90 Prozent dieser Muskelfasern.

Um die Langzeitleistung zu verbessern, spricht man über die Effekte des Höhentrainings. In einer Höhe von ca. 2.000 Metern steht dem Ausdauersportler weniger Sauerstoff (=dünnere Luft) zur Verfügung. Die Atemmuskulatur wird gesteigert durch höhere Atemtätigkeit. In der Höhe steht dem Ausdauersportler daher weniger Sauerstoff zur Verfügung. Der Körper reagiert deshalb mit verstärkter Bildung von roten Blutkörperchen (=Hämoglobin), die den Sauerstoff transportieren. 3 - 4 Wochen in der Höhenlage sind notwendig. Allerdings wird schon 72 Stunden nach dem Höhentraining in der Meereshöhe die Konzentration der roten Blutkörperchen sinken. Höhentraining erlebt zurzeit einen Boom. Die Wirkung wird sicherlich überschätzt. Kenianische und äthiopische Athleten sind in der Höhe geboren und verbringen dort das ganze Leben. Sie sind eher schlanker und von leichter Statur (=genetische Disposition) und so besonders gut für Langstrecken geeignet. Die armen europäischen Sportler haben gegen sie kaum eine Chance.

Das Strahov Stadion in Prag. Wir schreiben das Jahr 1953. Die Athleten auf der Aschenbahn laufen die letzten Runden des 5000 m-Rennens. Tausende Menschen jubeln frenetisch dem führenden Läufer zu. Er ist der Held der Nation – Emil Zátopek. Unter den enthusiastischen Zuschauern befindet sich ein kleiner Bub, dessen Augen weit geöffnet sind. Er schreit: „Zá-to-pek, Zá-to-pek". Dieser schwärmerische Junge war ich. Mein Vater nahm mich zu diesem leichtathletischen Wettkampf mit, da er meine Begeisterung für diesen Sportler unterstützen wollte. Ich schnitt alle mir erreichbaren Artikel über diesen außergewöhnlichen Athleten aus Zeitschriften respektive Zeitungen aus und klebe sie akribisch in ein Album. Ich vergötterte ihn.

Zátopeks schmerzverzerrtes Gesicht, rudernde Arme, verkrampft wirkenden Muskel und die pfeifenden Atemgeräusche erweckten immer den Eindruck, als würde er jeden Augenblick kollabieren. Weit gefehlt. Zátopek gewann bei den Olympischen Spielen in Helsinki 1948 den 10.000 m-Lauf und erreichte die Silber Medaille im 5.000 m-Rennen.

Bei den Olympischen Spielen 1952 in London gewann er als Krönung seiner Laufbahn den 5.000 m, 10.000 m-Lauf und auch den Marathon. Dieses Tripple ist bis zum heutigen Tage noch nie einem Athleten gelungen! Noch in Melbourne 1956 erreichte er im Marathon einen 6. Rang. Seine Frau Dana gewann übrigens eine Goldmedaille im Speerwurf in Helsinki 1948.

In den 50-ziger Jahren hielt der phänomenale Läufer Zátopek 18 Weltrekorde. Damals wurde er in seiner Heimat als Volksheld gefeiert. Dieser Zátopek war ein mehr als fairer Sportler. Während seiner Rennen fand er gegenüber der Konkurrenz Worte der Aufmunterung.

Für eine gewisse Zeit hatte er sich während der Rennen auch als Tempomacher zur Verfügung gestellt.

Man vermutet, dass er Lust auf Schmerzen hatte, eine sogenannte Allergologie.

Auch seine Trainingsmethoden waren exorbitant. Zátopek wird als Pionier des Intervalltrainings bezeichnet, bei dem man gewisse Strecken schnell läuft und andere wiederum in einem langsameren Tempo. Ja, er konnte sich quälen. Abends lief er in Stiefeln im Gelände, ausgerüstet mit einer Taschenlampe.

Auch seine Ernährung schlug Kapriolen. Vor Wettkämpfen aß er rohe Zwiebeln und Knoblauch. Bier betrachtete er als ein alkalisches Getränk. Als Mensch war Emil Zátopek witzig, gutmütig und mit einem lebensbejahenden Charme. Seine geistigen Fähigkeiten offenbarten sich in seiner Sprachbegabung. Er beherrschte 8 Sprachen.

Dieser legendäre Läufer wurde in seiner Heimat mit diversen Auszeichnungen dekoriert und brachte es zum hohen Offizier der tschechischen Armee.

1975 bekam er den Fair-Play-Preis der UNESCO.

Politisch hat sich Zátopek während des Prager Frühlings 1968 engagiert, unter anderen hielt er auf dem Wenzelsplatz eine Rede gegen die Invasion der Panzer des Warschauer Pakts in der Tschechoslowakei.

Auch später erhob er seine Stimme gegen das diktatorische kommunistische Regime in seiner Heimat. Tapfer hielt er Reden und beklebte Wände mit Protestplakaten. Das wollte das Regime sich so nicht bieten lassen. Aus einem Helden wurde er zum Staatsfeind – persona non grata. Zátopek wurde degradiert. Er musste eine Zeitlang als Müllmann arbeiten. Menschen die ihn sofort erkannten, nahmen ihm die Mülltonnen aus der Hand und erledigten seine Arbeit. Natürlich erreichten die Machthaber dadurch das Gegenteil von dem, was sie beabsichtigten, nämlich seine Popularität zu senken. Sogar als

Bergwerks- resp. Wanderarbeiter musste Zátopek sein karges Brot verdienen.

Aber er ließ sich nicht mundtot machen. Zátopek unterschrieb unerschrocken 1977 mit anderen Bürgerrechtlern die Charta77, die gegen die Diktatur im Lande protestierte.

Erst 1990 wurde dieser Wunderläufer rehabilitiert.

Physisch und psychisch gebrochen starb Emil Zátopek im Jahre 2000.

Ein beliebter Spruch von Zàtopek war:

Die *Vögel fliegen,*
die Fische schwimmen
und die Menschen laufen.

Pierre Baron de Coubertin,
der Gründer der modernen Olympischen Spiele, sagte:
Teilnehmen ist wichtiger als Siegen!

Der Olympische Gedanke,
zeitgemäß interpretiert:
Dabei sein ist Nichts.
Gewinnen Alles!

KANNST DU DICH ERINNERN?

„Drei Dinge kann ich mir nicht merken:
Das eine sind Namen,
das andere sind Zahlen
und das dritte habe ich vergessen."

Curt Goetz

Das Gehirn des Menschen besteht aus einer riesigen Menge von Nervenzellen, die wir als Neuronen bezeichnen. Es besitzt ca. 86 Milliarden Neuronen, wobei eine Katze über 1 Milliarde und eine Maus über ungefähr 75 Tausend dieser Nervenzellen verfügt.

Die Nerventätigkeit bedeutet eine Aufnahme von ‚Nachrichten', die in den Rezeptoren im ganzen Körper verteilt sind. Verschiedene Teile des Gehirns entsprechen verschiedenen Typen der Nerventätigkeit. Zum Beispiel werden von den Augen ausgehende Informationen im hinteren Teil des Gehirns, dem Seezentrum, verarbeitet.

Benützen wir tatsächlich nur 10 % unseres Gehirns? Nein! In Wirklichkeit bedienen wir uns des ganzen Gehirns – allerdings nicht gleichzeitig. Jeder Bereich hat eine Funktion, die wir uns zu einer bestimmten Zeit zunutze machen. Wenn wir etwas Neues lernen, lasten wir das Gehirn stärker aus. Die Neuronen stellen neue Verbindungen her, um die frischen Erkenntnisse im Gehirn abzulegen.

Haben intelligente Menschen ein größeres Gehirn? Nein, diese Behauptung stimmt nicht. Das Gehirn des Nobelpreisträgers in Physik Albert Einstein z. B. war durchschnittlich groß. Es wies allerdings strukturelle Unterschiede auf. Es hatte ein um 15 % breiteres Zentrum, das sich in der linken Hemisphäre hinten befindet, wo man mathematische Zusammenhänge verarbeitet.

Im Zusammenhang mit der Funktion des Gehirns ist das Gedächtnis von Interesse. Was ist das Gedächtnis? Es ist die Fähigkeit von Sinneswahrnehmungen oder psychische Vorgänge zu speichern und sie bei

Bedarf ins Bewusstsein zu holen. Wir unterscheiden mehrere Arten des Gedächtnisses:

Das Ultrakurzzeitgedächtnis funktioniert lediglich bis zu 2 Sekunden.

Das Kurzzeitgedächtnis verfügt über eine begrenzte Speicherkapazität. Informationen werden durchschnittlich 18 Sekunden lang gespeichert.

Im Kurzzeitgedächtnis kann man sich ca. 7 Dinge merken. Es scheint eher akustisch zu sein. Man soll sich Begriffe durch lautes Memorieren merken. Es ist schwieriger, sich rhythmisch und lautlich ähnlich klingende Wörter zu behalten wie Mutter, Butter, Futter, als anders klingende Begriffe wie: Hund, Stock, Regen etc. Das Langzeitgedächtnis wiederum kann Worte, die ähnlich klingen, besser für längere Zeit abspeichern.

Über 90 % der Informationen vergessen wir wieder. Durch Wiederholungen ist dieses Gedächtnis verlängerbar. Das ist wichtig, um die täglichen Aufgaben zu bewältigen. Wo habe ich gerade die Brille hingelegt oder dergleichen?

Das Langzeitgedächtnis hat eine Dauer von Tagen bis lebenslang. Man kann es trainieren. Je interessanter und wichtiger man Daten für das Gedächtnis macht, umso eher kann man diese sich merken. Hilfreich sind hier Eselsbrücken oder Assoziationsketten. Ein Beispiel für eine Assoziationskette: Frankfurt – Buchmesse – Lieblingsautor – Dona Leon – Venedig – letzter Urlaub – gutes Essen etc.

Zwei Beispiele für Eselsbrücken:

Alle **e**hemaligen **K**anzler **b**ringen **S**chmidt **k**eine **S**chokolade **m**it = Adenauer, Erhard, Kiesinger, Brand, Schmidt, Kohl, Schröder und Merkel.

Die vier fettlöslichen Vitamine: EDEKA = E, D, K und A.

Vokabeln können mithilfe von Karteikarten gelernt werden. Die Begriffe, die man schon beherrscht, werden gestrichen, andere weiter trainiert. Informationen werden im Gehirn auf verschiedene Orte verteilt: Bilder, Sprache, Gerüche oder Emotionen.

Manche Dinge merken wir uns nicht mal eine Sekunde lang, andere das ganze Leben. Einige ‚vergessene' Erinnerungen kann man durch Hypnose oder andere Techniken abrufen. Unsere Augen und Ohren speichern die frischen Informationen in weniger als 1 Sekunde. So muss unser Gehirn in jedem Moment eine riesige Menge an Informationen verarbeiten, von denen wir eine Vielzahl gar nicht brauchen. Noch ein Beispiel für unser Kurzzeitgedächtnis: Sie haben Süßstoff in der Küche vergessen. Wenn sie sich länger als 15 - 30 Sekunden von der Küche entfernt aufhalten, kann es leicht passieren, dass sie vergessen, was sie aus der Küche holen wollten.

Wollen sie Zahlen, die mehr als siebenstellig sind, behalten, merken sie sich diese in Zahlengruppen von zwei oder drei: 721-10-43-211. Eine Einkaufsliste merkt man sich besser folgendermaßen: Kaffee + Milch, Brot + Tomaten oder Milch + Brot etc.

Was ist ein episodisches Gedächtnis? Eine Erinnerung, die der Mensch nie vergisst, ist an ein starkes Ereignis gekoppelt. Was haben sie gerade gemacht, als der terroristische Angriff am 11.9. 2001 passierte? Ähnlich starke Vorkommnisse waren das Attentat auf J. F. Kennedy 1963 und von M. L. King im Jahre 1968.

Das Arbeitsgedächtnis entscheidet, ob man Daten verarbeitet, sie ‚archiviert' oder sie vergisst und sie ‚ausradiert'. Dieses Gedächtnis kann mehrere Aufgaben gleichzeitig bewältigen, wie zum Beispiel Fernsehen und Stricken. Allerdings können wir nicht gleichzeitig lesen und sprechen. Teile des Arbeitsgedächtnisses merken wir uns besser, als die alltäglichen, wenn wir sie analysieren, um sie verstehen zu lernen. Wiederholungen können funktionieren, aber es ist am besten, die gelagerten Kenntnisse mit neuen zu verbinden. Informationen können wir uns besser merken, wenn sie durch irgendetwas interessant sind. Auch ungewöhnliche Dinge kann man sich besser im Gedächtnis verankern als alltägliche Informationen. Diese werden wir leichter behalten, wenn wir eine persönliche Beziehung zu ihnen haben, wie z. B. ‚korpulent' bedeutet ‚dick'. Sind sie korpulent? Vielleicht wird sie diese Frage beleidigen, aber so werden sie auf diese Weise sich dieses Wort besser merken.

Oft funktioniert eine künstlich geschaffene Verbindung, ein so genannter Antagonismus. So ist der Begriff ‚Oidipides' besser im Gehirn verankert, wenn man es damit verbindet, dass Ödipus seinen eigenen Vater tötete und seine Mutter heiratete.

Genau wie wir unsere alltäglichen Dinge übersichtlich ablegen, wie z. B. Geschirr (Löffel, Gabel und Messer), so handhaben wir es auch mit unseren Erinnerungen. Unser Gehirn bildet Schemen, in die wir sorgfältig alle unsere Kenntnisse und Erinnerungen archivieren. Wir verarbeiten also neue Informationen leichter, wenn wir diese in einem bereits existierenden Schema deponieren. Wenn sie einen Eisportionierer geschenkt bekommen, legen sie ihn in die Geschirrablage zu den Löffeln oder sie müssen ein neues Abteil dafür finden, respektive sie entscheiden sich ihn wegzuwerfen. Ähnlich funktioniert auch das Gedächtnis. Schemen beeinflussen unsere Erinnerungen an Situationen und Lokalitäten. In einem Versuch verweilten Probanden 35 Sekunden lang im Büro eines Hochschulassistenten. Nach Rückfragen stellte man fest, dass sie sich fast alle in dieser kurzen Zeit korrekt an einen Schreibtisch erinnerten, wie er natürlich in jedem Dienstzimmer vorhanden ist. Allerdings vergaßen sie Gegenstände, die dorthin nicht gehörten, wie eine Zange und dergleichen. Einige Versuchspersonen nannten dagegen Dinge wie Bücher oder Stifte, die dort allerdings gar nicht vorhanden waren. An bizarre, unerwartete Fakten, wie z.B. einem Schädel auf einem Regal stehend, haben sich fast alle erinnert.

Dinge, die wir vergessen haben, können wir einfacher wieder erlernen, als neue Sachverhalte.

Wir erinnern uns besser an Sachverhalte, wenn wir uns bemühen, Dinge in dem Kontext zu vergegenwärtigen, in dem wir sie ursprünglich gelernt haben. So können Menschen, wenn sie „Erste Hilfe" als Simulation erlernt haben, leichter und schneller im Ernstfall anwenden.

Wir können uns Informationen besser vergegenwärtigen, wenn wir folgende Regeln einhalten:

- Wiederholen Sie mindestens 3 x die neuen Kenntnisse möglichst laut und fixieren Sie diese im Langzeitgedächtnis.

- Arbeiten Sie mit den Informationen, versuchen Sie diese zu begreifen, sodass es für Sie einen Sinn ergibt.

- Versuchen Sie Informationen im Kontext und Schema einzuordnen, sodass sie einen Teil Ihrer Wissensbasis werden.

- Je stärker Sie sich eine Situation vorstellen, desto effektiver wird sie im Gedächtnis verankert. 82 % der Menschen sind visuell veranlagt.

Wichtig für unser Gedächtnis ist außerdem die Assoziation (= Vorstellungskraft). Eine Rose verbinden wir im Gedächtnis mit ihrem betörenden Bukett, während der Zitronenduft eher das Bild einer Spülmittelflasche aktiviert.

Unwichtige Details (war die Brille braun oder schwarz) kann man ignorieren, wobei man wichtige Informationen auf viele Orte wie Sprache, Bilder oder Gerüche verteilt.

Die Imagination (= Vorstellungskraft) ist für das Gedächtnis von enormer Wichtigkeit. Sie ist bei Kindern stark ausgeprägt, ist jedoch mit zunehmendem Alter durch logisches rationales Denken in der Schule verloren gegangen. Das Lesen von Büchern kann die Vorstellungskraft wesentlich verbessern.

Beispiel für die Vorstellungskraft: für die 2 ein Schwan, für die 3 ein Barhocker und eine Sanduhr für die 8.

Wer sein Denkorgan fördert und fordert, kann Strategien entwickeln, um sich Dinge besser zu merken. Man kann mit horizontalen Augenbewegungen beginnen, die beide Hemisphären des Gehirns aktivieren.

Zusammenballen der Fäuste, sowie Kaugummis kauen können bei der Konzentration helfen und aktivieren das Gedächtnis.

Versuchen Sie das Erinnerungsvermögen nicht zu Hause am Schreibtisch zu trainieren, sondern z. B. im Park oder in einem Kaffee.

Eine bevorzugte Art das Gedächtnis zu üben, ist während des Joggen oder Spazierengehens.

Ebenso kann man nach einem erholsamen Schläfchen sein geistiges Training besser absolvieren.

Bestimmte individuell gewählte Musikrichtungen, resp. Melodien, mögen die geistigen Übungen fördern.

Und zuletzt eine Warnung: Übermäßiger Konsum von Zucker und Fetten schadet den Billion Synapsen im Gehirn. Besonders chemisch veränderte Fette in Fast Food und Fertiggerichten bewirken, dass die Gedächtnisleistung nachlässt.

Das Gedächtnis ist eine gute Tasche;
aber sie zerreißt,
wenn man zu viel hineinstopft.

Deutsches Sprichwort

ZUM ABENDBROT GIBT ES MILBEN AUF KNOBLAUCH

Milben essen ist voll lecker!
Man muss nur Hackfleisch
und Sahne zugeben
und das Ganze mit Käse überbacken.

Vielleicht haben Sie schon mal einen geöffneten Mund gesehen, aus dem ein zuckendes Heuschrecken-Beinchen herausragte. Ein wirklich unappetitlicher Anblick. Und das soll die Nahrung der Zukunft sein?

Ich möchte Sie nicht erschrecken. Natürlich werden Insekten, die verspeist werden sollen, zuerst verarbeitet. Massenhaltung ist für Larven und Würmer das Paradies, da sie in der Natur auch so zusammenleben. Sie werden vier bis sechs Wochen gezüchtet, dann verbringen sie einen Tag ohne Nahrung, damit sich der Darminhalt entleert. Anschließend kommen sie in eine Kältekammer. Dadurch werden sie in einen ‚Winterschlaf' versetzt, sodass ihre Tötung viel humaner ist als bei Tieren, die man klassisch' verspeist. Im Wasserbad werden sie noch mit Hitze behandelt, um die letzten Keime abzutöten. In Wirklichkeit sind wir nicht der Planet der Menschen, sondern der, der Insekten. Für jeden Menschen gibt es hier ca. 40 Tonnen Insekten!

Irgendwann im Jahr 2030 werden auf der Erde etwa 8,5 Milliarden Menschen leben. Sie werden ca. 370 Millionen Tonnen Fleisch essen. Tiere wie Rinder, Schweine oder Hühner werden etwa 70 % der Landwirtschaftsfläche einnehmen. Die Tiere brauchen Weideland, Heu und anderes Futter, sodass ‚Ihr Steak' den Platz für Korn, Mais und Reis einnimmt. Über das hinaus sind Rinder nicht besonders umweltfreundlich. Die Abgase (Treibhausgas Methan) einer einzigen Milchkuh seien in etwa so schädlich wie die eines Kleinwagens, der 18.000 Kilometer im Jahr fährt. So gesehen wird demnächst das Steak ziemlich teuer und sozusagen ein Luxusartikel. Massentierhaltung will doch wohl niemand in der Zukunft. Übrigens, aus 10 Kilo Futter bekommen wir 1 Kilo Rindfleisch, 3 Kilo Schweinefleisch, 5 Kilo Geflügel, aber 9 Kilo Heuschrecken. Während wir ein Rind zum Beispiel mindestens 3

Jahre lang füttern müssen, reichen für die Zucht der Larven, wie bereits erwähnt, nur 3 Wochen. Essbarer Anteil ist bei Rindern 40 %, während er 80 % bei den Insekten ausmacht. Und der Proteingehalt ist bei Insekten mindestens 60 % und bei Rindern lediglich 50 %.

Nehmen wir eine Handvoll gerösteter Würmer. Das reicht, um sich einen Tag lang ausreichend zu ernähren. Insekten beinhalten hochwertiges Eiweiß, ungesättigte Fette, Kohlehydrate, Vitamin D, lebenswichtige Aminosäuren und Mineralien wie Eisen, Zink und Magnesium. Natürlich können Sie dazu noch Gemüse und Obst essen.

Die Frage stellt sich daher, warum wir in Deutschland kaum Insekten verspeisen, wenn diese doch so gesund und nahrhaft sind und so wenig die Umwelt belasten?

Seit ewigen Zeiten haben wir eine Abneigung zu Insekten, vielleicht weil sie Blätter von Gemüse anfressen, uns stechen, beißen oder piksen.

Wir suchen Wege, wie wir unseren Ekel überwinden. Die meisten Menschen verabscheuen Krebse, Krabben oder Langusten nicht, obwohl sie optisch keine Offenbarung darstellen. Vor etlichen Jahren war in Europa der Genuss roher Fische ein Tabu. Heute verspeisen wir Sushi, also rohen Fisch, als ziemlich teure Delikatesse.

In Asien, Äquatorial-Afrika, Mittel- und Südafrika liebt man es Insekten zu verzehren. Das macht 1/3 der Menschheit, also rund 2 Milliarden Menschen aus. In Mexiko werden hauptsächlich Schmetterlingsraupen gegessen, in Thailand verdrängen zum Beispiel getrocknete Wanzen als Knabberware die Erdnüsse in Bierkneipen. Das feuchte und warme Klima ist ein günstiger Nährboden für Insekten.

Zum ersten Mal aß ich geflügelte Termiten in Nigeria. Irgendwann im Herbst fliegen Schwärme dieser Insekten durch das Land. Man stellt überall Grillpfannen auf. Das Feuer zieht sie an, wobei ihre Flügel verbrennen und auf das engmaschige Sieb fallen, wo sie geröstet werden. Ich muss zugeben, sie hatten eine köstliche knusprig nussige Note.

Auf den Märkten in Ghana und Nigeria kann man kiloweise lebendige weiße Larven erwerben.

Ein Freund verbrachte seinen Urlaub in Thailand. Eines Tages bestellte er sich Fleischstücke im Teigmäntelchen. Dazu tauchte er sie in eine Soße, die ihm wie Pflaumenmus vorkam. Anschließend fragte ihn die nette Bedienung, ob er wisse, was er gegessen habe. Er ahnte, dass man ihn so nicht fragen würde, wenn er Hähnchenstücke gegessen hätte. Ihre Antwort darauf war: „Es sind Würmer, Bambuswürmer. Gut, nicht wahr?"

Mehr als 2.100 unterschiedliche Insektenarten und Spinnen werden weltweit konsumiert, davon 30 % Käfer.

Um die optischen Barrieren zu überwinden, kann man sie gehackt in Pasta zubereiten. Oder vielleicht Maden in Teig gefällig? In China werden besondere Käfer in Schokolade als Nachtisch angeboten.

Aus getrockneten Grillen können wir nussartig schmeckendes, eiweißreiches Grillenmehl gewinnen und für die Herstellung von Lebensmitteln wie Keksen auf den Markt bringen. Wollen wir Insekten-Burger (ca. 1.000 Insekten ergeben einen Burger), Milben auf Knoblauch, Grillen im Sahneteig oder Insekten-Letscho?

Mit Kakerlaken allerdings habe ich schon ein Problem. Sie genießen keinen guten Ruf. Wir sehen sie als Verkörperung der Unordnung und des Schmutzes an. Sie haben den Ruf einer Hydra aus einer anderen Welt, weil sie eine Woche ohne Kopf überleben können. Übrigens, Kakerlaken schmecken wie Grieben.

Ja, die Insekten sollen die Lebensmittel der Zukunft werden. Nicht, dass sie für Arme als Fleischersatz gedacht wären. Sie müssen den Verbraucher im Geschmack als Delikatesse überzeugen. Natürlich sollte man Grillen oder Heuschrecken ohne Beinchen und Flügelchen verspeisen. Siehe auch den ersten Satz dieser Abhandlung.

In Deutschland und Österreich wurde bis zum heutigen Tage vonseiten der Behörden die Zulassung von verzehrbereiten Insekten noch nicht genehmigt. (Stand: 2018). Wenn Sie einen leckeren Insekten-

Hamburger bestellen möchten, müssen Sie nach Holland, Belgien oder in die Schweiz fahren. Auch im Internet finden Sie entsprechende Angebote für den Verkauf von zubereiteten Insekten.

Es stellt sich die Frage: Wie kann man mehr und gesündere Lebensmittel für Milliarden hungernder Menschen sicherstellen?

2020 dürfte Geflügel weltweit zur beliebtesten Fleischsorte werden. 2017 haben Wissenschaftler der Firma Memfis Meats in San Francisco im Labor in sechs Wochen Hühner- und Entenfleisch gezüchtet. 1/3 der Befragten hatten kein Problem damit, das Fleisch aus dem Labor zu essen.

2008 wurde ein Saatgut-Tresor mit 4,5 Milliarden Nutzpflanzen aufbewahrt, darunter 200.000 Reissorten und 125 Weizensorten. Die Vielfalt der Nutzpflanzen ist die entscheidende Voraussetzung für die Entwicklung der Klima beständiger Sorten für die Ernährung zukünftiger Generationen.

Jährlich fallen 20 – 40 % der Nutzpflanzen Krankheiten und Schädlingen zum Opfer. Durch Überschwemmungen werden riesige Reisfelder vernichtet. Es wurden allerdings schon Arten entwickelt, die zwei Wochen lang unter Wasser sein können, ohne zu faulen. Der Klimawandel mit Trockenheit, Hitze und Überschwemmungen verlangt genveränderte Nahrungsmittel. Bislang wurden keine nachweislichen Schäden für den Menschen durch diese so veränderten Lebensmittel festgestellt. Weder der Verbraucher, noch die Umwelt wurden bisher beeinträchtigt. Die EU sollte deshalb entsprechend reagieren und wenigstens einige der GV-Nahrungsmittel zulassen.

2 Milliarden Menschen leiden an Vitamin- und Mineralstoffmangel. Als Konsequenz daraus werden Nutzpflanzen mit Nährstoffen angereichert. Der ausgeprägte Vitamin-A-Mangel in 90 Ländern der Erde ist der Hauptgrund für die hohe Kindersterblichkeit. Auch erblinden dadurch bis zu 500.000 Kinder. Deswegen werden beispielsweise in Angola Süßkartoffeln mit Vitamin-A konzentriert.

Die Experten sind sich einig: Algen könnten in der nahen Zukunft zu den nährstoffreichsten Lebensmitteln der Welt zählen.

Haben Sie schon mal Spirulinapulver oder -pillen im Reformhaus gesehen oder es sogar verwendet? Spirulina kommt bereits in vielen Smoothies zum Einsatz. „Mikroalgen sind winzige Einzeller, die Sonnenenergie nutzen, um Biomasse zu erzeugen, die Proteine, ungesättigte Fettsäuren, Vitamine und Mineralien enthalten", erklärte Professor Mark Edwards, Experte für nachhaltige Ernährung. Im Übrigen, die kleine Krabbe und der riesige Blauwal ernähren sich ausschließlich von Algen.

„2040 werden Lebensmittel auf Algenbasis 40 % aller Fleischprodukte und 60 % der Soja-, Mais- und Weizenprodukte abgelöst haben. Ein Kilo Fleischersatz auf Algenbasis liefert 3 x so viel Eiweiß, wie ein Kilo Rindfleisch und kostet halb so viel", meinte weiterhin Professor Mark Edwards. Unternehmer suchen bereits nach Möglichkeiten in Städten Algen anzubauen.

Es gibt niemanden,
der nicht isst und trinkt,
aber nur wenige,
die den Geschmack zu schätzen wissen.

Konfuzius

ODE AUF DIE NÄCHSTENLIEBE

Abschließend habe ich vier kurze Episoden verfasst, die im Bereich der Menschlichkeit anzusiedeln sind:

Geschichte Nr. 1

An einem kalten Dezember Abend eilte ich schnell nachhause. Plötzlich hatte ich das Gefühl, dass mich Jemand aus dem nahe liegenden Busch beobachtete. Das Blut stockte in meinen Adern. Als ich näher hinschaute, entdeckte ich ein verzweifeltes Äugelein, das mich anstarrte. Ich blieb wie angegossen stehen. Ein ramponiertes einäugiges Hündchen schaute mich hoffnungsvoll an. Meine mitfühlende Seele brachte mich dazu, dass ich meinen Schatz zu Hause anrief und sie mit vor Kälte zitternder Stimme fragte, ob ich das arme einäugige Wesen mit nach Hause bringen könnte. Meine Angetraute fragte mich mitfühlend, ob es nicht sinnvoller wäre, das Hündchen in einem entsprechenden Tierheim abzuliefern. „Das werde ich tun, aber erst Morgen. Es friert und es geht ihm gar nicht gut", meinte ich. Ich steckte das arme Wesen unter meinen Mantel und eilte nachhause. Meine Frau hatte bereits im Wohnzimmer einen Karton hingestellt und darin lag ein weiches Kissen. Daneben stand ein Schälchen mit Milch. Vorsichtig nahm ich das lädierte Blechhündchen und legte es liebevoll darauf. Sein Äugelein schaute mich dankbar an.

Geschichte Nr. 2

Sie stand auf dem Bürgersteig der belebten Straße gegenüber des National Theaters in Prag. Das fahle Licht der März Sonne besaß noch keine Kraft, um Wärme und Behaglichkeit auszustrahlen. Das alte Mütterchen stand verloren in der pulsierenden Stadt. Sie trug ein abgetragenes Kopftuch, das sie bis über ihre schmächtigen Schultern hüllte. Die gestrickten, an einigen Stellen geflickten Handschuhe, hielten ein Tablett, auf dem schön gebundene Schneeglöckchen

Sträußchen zu sehen waren, die sie für ein paar Kronen verkaufen wollte.

Die Passanten drängten sich an der alten frierenden Frau vorbei, unterhielten sich, lachten und stupsten sie gelegentlich. Niemand beachtete die kleinen Blumensträußchen, ebenso wenig wie ihre Anbieterin. In diesem Augenblick überkam mich Wut und Zorn über die Gleichgültigkeit meiner Mitmenschen. Das Mütterchen wollte keine Almosen, sondern durch den Verkauf der Blümchen ihre karge Rente ein wenig aufbessern. Mich schaute ein liebenswertes, durch Furchen gekennzeichnetes Gesichtchen mit glänzenden freundlich schauenden Augen an. Ich griff in meine Geldbörse und kaufte ihr alle Sträußchen ab. Sie belohnte mich mit einem strahlenden Lächeln, das jedoch erstarb, als ich ihr ein wenig mehr Geld auf das Tablett legte. Resolut, fast beleidigt, gab sie mir das Trinkgeld zurück. Ich verstaute die erworbenen Sträußchen in meiner Papiertüte und ging frohen Herzens weiter.

Ab und zu nahm ich ein paar Blümchen aus meiner Tüte und wollte sie den vorbeigehenden Passanten anbieten. Einige schauten mich unverständlich an, so, als ob ich ein alter, komischer Kauz wäre, der vielleicht aus einer Anstalt weggelaufen ist. Andere sahen an mir vorbei, jedoch die Mehrheit lächelte mich an, ohne meine Gabe anzunehmen.

Daraufhin änderte ich meine Strategie und rief, dass ich die Schneeglöckchen verschenken möchte. Die Menschen wunderten sich, jedoch die meisten nahmen dankend das kleine Geschenk an und lächelten mir zu.

Es war ein wunderbarer Tag!

Geschichte Nr. 3

Pompöse Kristallleuchter erhellen einen prunkvollen, überdimensionalen Saal, an dessen Marmorsäulen sich das Licht matt spiegelt. Es herrscht eine gedämpfte, gediegene Atmosphäre. Die Damen tragen würdevoll ihren eleganten Abendroben, die Herren passende Smoking. Mitten in dieser Honoratioren der Reichen, Mächtigen und Berühmten steht eine winzige, dürre Gestalt in einem hellblauen verwaschenen Sari. Die dünnen Füße stecken in abgetragenen Sandalen. Eine gewissermaßen deplatzierte Szenerie. Die betagte, einfache Frau ist Mutter Teresa, die gerade den Friedensnobelpreis für das Jahr 1979 erhalten hatte. Ihr ganzes Leben widmet sie sich den Armen, Kranken und Sterbenden in Kalkutta. Sie hat in ihrem Leben unwahrscheinlich viel Elend gesehen. Trotzdem schauten ihre tief liegenden Augen leuchtend optimistisch in die unvollkommene Welt. Mutter Teresa sagte einen unvergessenen Satz:

"Wir können nicht große Sachen machen,
sondern Kleine mit großer Liebe."

Ihre Aussage bedeutet: Die kleine Gabe eines kleinen Mannes ist mehr, als die großzügigen Spenden eines Bill Gates?

Mutter Teresa meinte: *"Das einzige, was Armut beseitigen kann, ist miteinander zu teilen"*.

In Kalkutta gründete sie einen Orden, der sich bald in die ganze Welt ausdehnte. Die sozialen Zustände in ihren Sterbehäusern, sowie deren hygienische Situationen waren für sie nicht so wichtig, als die Missionierung. Der um diese tapfere Frau gebildeter Mythos, wie religiöse Rituale, sind Dogmen und für mich nicht immer nachvollziehbar, wie z. B. die Ablehnung der Abtreibung, Glaube an Wunder, oder mystische Begegnungen mit Jesus.

Mutter Teresa starb in Kalkutta in 1997 im Alter von 87 Jahren.

Die Ironie des Schicksals ist sicherlich der Fakt, dass Alfred Nobel Dynamit erfunden hat, das bewirkt, dass damit noch mehr Menschen als je zuvor getötet werden. Ebenfalls waren einige Träger dieser Auszeichnung äußerst fragwürdig. Jassir Arafat hat terroristische Anschläge auf israelische Ziele geführt. Er erschien vor der UNO Versammlung mit einer Pistole im Schafft.

Barack Obama, auch ein Friedensnobelpreisträger beteiligte sich während seiner Präsidentschaft an militärischen Auseinandersetzungen. Und was hat die EU zum Frieden beigetragen?

Der größte Skandal diesbezüglich war der Fakt, dass Mahatma Gandhi die Auszeichnung des Friedensnobelpreises nie bekam!

Geschichte Nr. 4

Unsere Seele befindet sich nicht immer in einem sonnigen Zustand. Leider fühlen wir uns sehr oft in leichteren oder schwereren depressiven Phasen. Wir jammern über den Winter, Krankheiten, Rechnungen oder hohen Zinsen. Im dem Augenblick, in dem ich mich am seelischen Abgrund befinde, brauche ich eine Leiter, die mich aus dem Jammertal herausholt. Ich nehme Kopfhörer und höre Musik. Es ist meistens die Neunte Sinfonie von Ludwig van Beethoven. Sie vermittelt mir neue Hoffnung, Optimismus und heitere Laune. Man kann dieses Musikstück als eine Ode an das Leben bezeichnen.

Ich kann mir gut vorstellen, liebe Leserinnen und Leser, dass Sie mich nun skeptisch anschauen. Sicherlich haben Sie dafür unzählige Gründe. Schon aus dem Porträt von Beethoven schaut uns eine grimmige, bitterernste Person mit wellendem Prachthaar entgegen. Beethovens Schicksal entspricht diesem Ausdruck. Denn er hatte kein Glück bei Frauen und seinen Mitmenschen im Allgemeinen. Er war lebenslang ein Rebell gewesen. Den tiefsten Schmerz erlitt er sicherlich durch die Erkenntnis, dass er allmählich taub wurde. Sein Wunsch Klavierspieler oder Sänger zu werden, war ihm aus diesem Grund verwehrt. Im Alter von 48 Jahren wurde dieser Genius vollkommen taub. Sein wichtigste Sinn – das Hören versagte.

Da ich gänzlich unmusikalisch bin, versuchte ich mich im Malen, das ausgenommen auf den Seh-Sinn angewiesen ist. Mit zugebundenen Augen bemühte ich mich ein einfaches Bild zu malen. Ein äußerst kläglicher Versuch.

Beethoven hatte wohl die Töne im Kopf. In dieser Komposition wirken neben einem Sinfonie Orchester auch ein gemischter Chor und Gesangsolisten mit. Der Text wurde übrigens von Friedrich Schiller verfasst. Unglaublich, dass Beethoven in dieser Zeit die grandiose Neunte Sinfonie, ein Werk voller Optimismus, Euphorie und Pathos schaffte. Aus der Stille entsteht hier ein Geysir von Jubel und Begeisterung. Diese Musik verjagt depressive Stimmungen. Es ist eine Freude für unsere Ohren und das Herz.

Die letzten Töne des Werkes beinhalten:

„Ende der Welt und Ankunft
des Gottes und seiner Engel.
Halleluja, Halleluja ..."

Quellenverzeichnis

Greg Broden: Deep Truth

        London 2012

Susan Cain: Still und Stark

        Goldmann

Chronik 2017: Der Spiegel

Rolf Dobelli: 52 Wege führen zumm Glück

        Piper Verlag

Matthias Horx: Das Buch des Wandels

        Pantheon

Internet: diverse Informationen

Brown Lester R.: Full Planet, Empty Plates, Earth Policy

        Institute 2012Psychologist

Josef Nossek: Kopf Über

        Noel Verlag 2016

Die offene Gesellschaft und ihre Freunde

        Fischer

Anne Rooney: The 15-Minute Philosopher

        London 2014

Anne Rooney: The 15-Minute Psychologist

        London 2014

Martin Rütter: Hundetraining und Martin Rütter

        Prime

Shell Global Scenarios: Shell, 2005 to 2025

That will Change the World:

        Oxford University Press 2010

www.ingramcontent.com/pod-product-compliance
Lightning Source LLC
LaVergne TN
LVHW042248070526
838201LV00089B/78